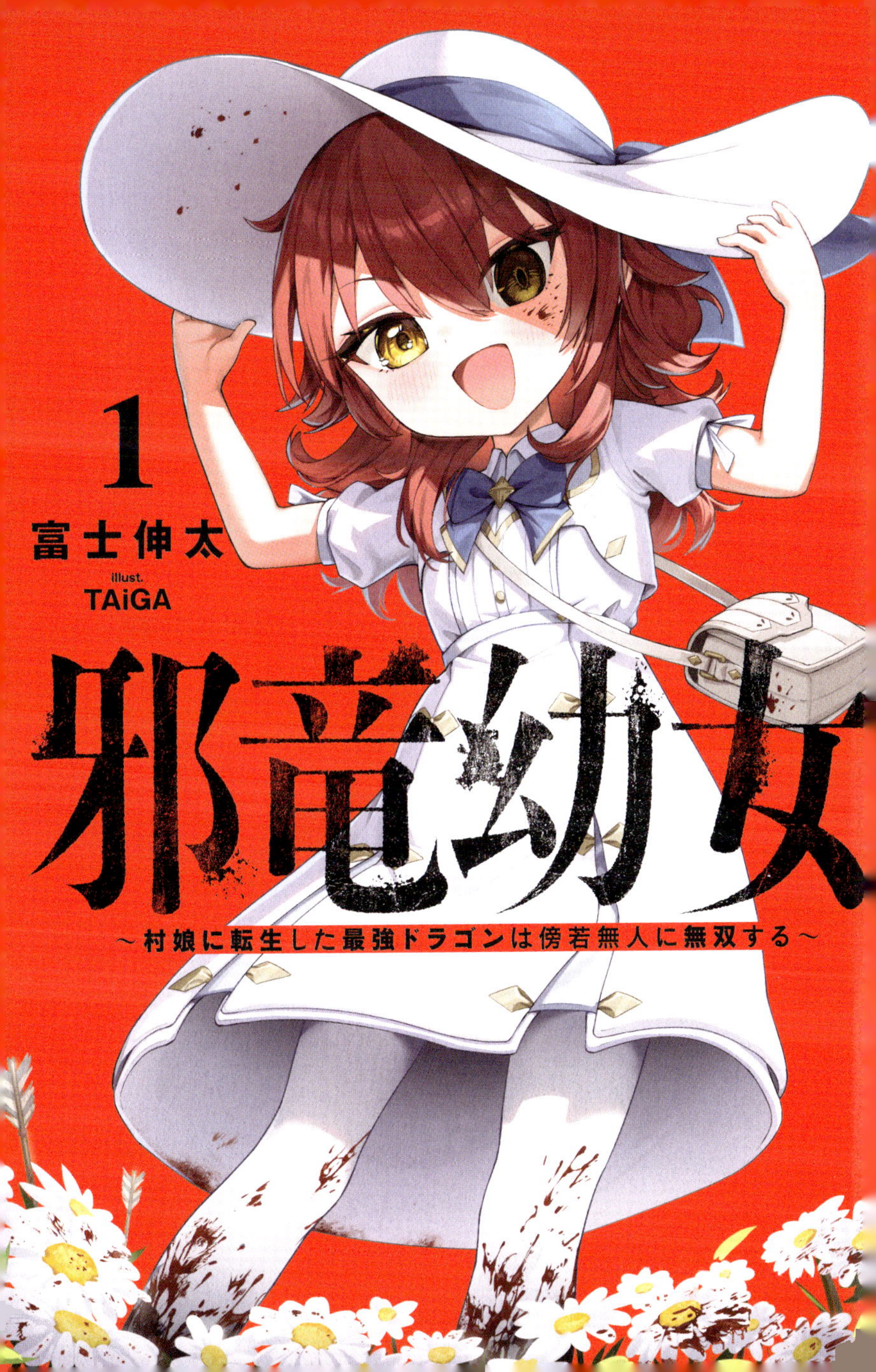
1
富士伸太
illust.
TAiGA
邪竜幼女
～村娘に転生した最強ドラゴンは傍若無人に無双する～

「ミカヅキ、征くぞ！今日も我の覇道が始まるのじゃ！」
ソル
「わおん（寄り道と拾い食いはすんなよ）」
ミカヅキ

ゴルド
ヨナ

心臓を撃たれたのは
二度目じゃ。
ラズリーはもう
ここにはおらぬ。
あやつの落とした
果実や根は
褒美に
くれてやろう
褒めてつかわそう
太陽竜の
咆吼は
声であり光。
眼と耳を閉じ、
頭を垂れよ……
我が名を冠する絶技
原初の光〔ソルフレア〕

邪竜幼女

1

EVIL DRAGON
LITTLE GIRL

〜村娘に転生した
最強ドラゴンは
傍若無人に無双する〜

富士伸太

illust.
TAiGA

GC NOVELS

1

EVIL DRAGON
LITTLE GIRL

CONTENTS

プロローグ 竜の時代の黄昏

竜は災厄であり、恵みであった。

いや、本当に竜だったか定かではない。誰かが「あれは竜である」と囁《ささや》いたから竜になったのかもしれない。

だが気まぐれに放たれる咆吼《ほうこう》は虎でもなく、狼《おおかみ》でもなく、紛れもなく竜としか言えない鳴動であった。雷鳴よりも重く鋭く天を揺るがし、雲はひび割れ、豪雨と暴風となって大地に叩《たた》き付けられた。

身を絞りつくされた雲が消え去ると、一ヶ月の間、太陽の光が燦々《さんさん》と降り注いだ。

雨期と乾期の到来である。

こうして古き者が死に絶え、新たなる者が芽吹いた。

竜があくびをして眠りにつけば冷気の精霊と冬の精霊が活気づいた。重々しい瞼《まぶた》を開き眼光が放たれると、炎の精霊と光の精霊が舞い踊って世界に暑熱をもたらした。人々は前者を竜冬、そして後者を竜夏と呼んだ。また眠りの前後のまどろみが竜春、竜秋と呼ばれ、竜の四季となった。

世界は、竜が目覚めてまた再び眠るまでを年と定義した。大地に生きる小さく弱き者の一年は、

EVIL DRAGON
LITTLE GIRL

竜の一日であった。これが竜の時代である。

しかしながら竜は必ずしも規則正しい生活を送るわけではない。五百日を超える年もあれば、二百日足らずの年もあった。秩序の乏しい暦は、自然をあるがままに受け入れる朴訥《ぼくとつ》とした幸福と、気が遠くなる程の停滞をもたらした。

それに異を唱えたのが、異世界より来訪した人であった。暦は竜ではなく星に従うべきと訴え、竜暦ではなく星暦を作り始めた。

そして「暦と天を乱す竜は邪竜である。太陽のごとき大きな力を気まぐれに放つ悪の権化、邪竜ソルフレアはこの世に不要である」と定めた。

大地に住まう者どもは二派に分かれた。

竜の災厄に苦しみ、竜のなき世を求める者は人間に多く、彼らは異世界人と共に文明や国を作ることを選んだ。

竜の恩恵があってこそ世界が成り立つと考えた者は魔物や獣に多く、彼らはあるがままの世界に棲み、生と死を受け入れることを選んだ。

ここに人間と魔物の対立が生まれた。

この現象にもっとも驚いたのは、竜自身であった。

彼《か》の者には名前はなく、「自分はソルフレアという名だったのか」という自覚と、更には「自分が眠ったり起きたりするごとに現れたり消えたりする小さな粒は、もしかして一つ一つが意思を持つ生き物なのでは」という悟りを得た。

今までのソルフレアは大地、雲、山、月、精霊などとしか会話をしたことがなく、一人一人の人間が魂を持つなどとは思いもよらなかった。

こうして星に変化が起きた。

ソルフレアはのんべんだらりとした生活を改め、規則正しい生活を心がけた。なんとなく咆吼をするときや、くしゃみをするときは口を押さえ、決まった月に眠り、決まった月に目覚めた。それでも眠気に抗《あらが》えないときは精霊に語り掛け、「我ではなく星に従うように」と命じた。こうして一年は三六五日となり、田畑を耕す人間が栄えるようになった。

また、神酒を飲むことも控え、余った神酒を飲んだ長命種が減ってこれもまた人間が栄える要因となった。親から子へ、子から孫へと命脈をつなぐ短命種が地上を席巻したからである。

だがそのせいで魔物や獣が不利になってしまった。ソルフレアはまたも頭を悩ませ、今度は自分に語り掛ける魔物の声を聴くことにした。魔物の声は竜より遥かに小さく何を言っているかわからなかったが、一計を案じた。

体を小さくした。

それでもなおソルフレアは山のように大きかったが、塩一粒にしか見えなかったものが、小鳥の卵程度には見えるようになった。

それは必ずしも弱体化とは言えなかった。より具体的な形を持ち、より能動的な活動ができるようになったソルフレアは、ソルフレアを信奉する魔物や、人々の集落から追い出された一部の人間たちに力を貸し与え、時には先頭に立って戦うこともあった。

獣の時代の到来である。

爪と牙を持つ者たちが決闘ですべてを決した、闘士たちの黄金時代だ。

しかし爪と牙を持たざる者――つまり人間は、諦《あきら》めなかった。

田畑を耕す者たちが星々の動きによる暦を使い始めたことで、彼らは「星を詠むことで未来を予測できる」と気付いた。夏至、冬至、年の終わりと始まりが何日後に到来するのかを正確に予想した。

そしてソルフレアが弱体化する日食の日さえも計算できる、と気付いた。

人間たちは皆既日食の日に叡智《えいち》と神秘のすべてを結集し、魔物たちとソルフレアに決戦を挑んだ。

その結果は改めて語るまでもない。竜と魔物が謳歌《おうか》した時代は遥か過去のものとなって、かろうじて暗黒領域の中に風土や文化として残るのみで、今はこうして人間の手で歴史が刻まれているのだから。

ソルフレアの敗北を機に大いなる霊は地上から次々と去りゆき、人が世界を作る世となって、今や星暦一〇三五年。

果たして本当にソルフレアは討たれたのであろうか。

確かに我々は魔物たちとソルフレアに勝利した。だが彼の者は倒すとか倒されるとか、そういう次元にある存在だったのであろうか。

ソルフレアが倒されたときの姿は、原初に比べあまりにも小さかった。だがそれは弱体化を意味したのだろうか。その体や命と共に本質までも葬《ほうむ》り去られたのであろうか。大いなる循環、自然の摂理が、「死」程度でこの世から去るのであろうか。

世界の地平の先、果ての果てまでいかねば、それを知ることは適《かな》わぬであろう。

◆

死体啜《すす》りの森に響いたそれは、悲鳴ではなかった。

「畜生！　話が違うじゃねえかよ！　ふざけんなよ……なめるんじゃねえぞ……！」

声の奥には助けを求める懇願があり、命を惜しむ怯懦《きょうだ》があり、現実を受け入れられない駄々っ子のような甘さがある。だが心の何処《どこ》かに「よくもやってくれたな」という反骨がある限り、それは蛮声であり怒声であり、咆吼だ。

「ふざけてもおらぬし、侮りなどせぬ。我が前に挑む、勇敢なる人の子らよ。さあ、鍛え抜いた絶技、我に見せてみよ」

天下第一の狩人にして義人ディィルックの咆吼に言葉を返したのは、澄み切った童女の声だ。

赤く艶《つや》やかな髪に純白のワンピースの童女が陰鬱《いんうつ》な森にいるのはあまりにもちぐはぐだった。

感じるのは違和感だけではない。まだ親に愛されているであろう甘やかな育ちの良さを漂わせながらも、まるで長くを生きた賢者のように揺るがない風格がある。まるで神秘的な精霊と出会ったときのような畏敬《いけい》の念を抱く。

ディルックはただの子供であってくれと願った。だが暗黒領域の北西部、死体啜りの森に平然と存在して歴戦の戦士を圧倒している以上、ただの子供のはずもない。

暗黒領域は正門の関所で銅貨六枚と遺書を出せば誰でも、それこそ子供や死に瀕《ひん》した老人であっても入る許可が降りる。だがそこから先は、出ることも生きることも保証はされない獣の世界。牙を持つ者しか生きることは許されない。

「そら、少し強く当てるぞ」

童女が指を曲げて爪を振るう。

綺麗《きれい》な爪だ。一点の曇りもない薄桃色、飢《う》えてもいなければ飽食もしていない。やすりで丁寧に丸く、何も傷つけないように磨かれている。

だというのに猫のようにしなやかで、どんな獣よりも恐ろしい。

その爪が繰り出す衝撃はあまりに強く、樹木はなぎ倒され、寸断された岩石は鋭利な断面を見せている。

一度攻撃に転じた童女に近接距離ではどうあっても勝てない。

ディルックは相棒のユフィーに守られつつ距離を取り、五射を放った。

「対ドリアードの戦術に絞ったのが仇《あだ》になったわね……ディルック、どうする？」

ディルックの相棒、戦乙女の異名を持つ聖騎士ユフィーが盾を構えて問いかける。

今ならまだ撤退できる、という言外の意図に、ディルックは首を横に振った。

「ここまで来て下がれるかよ。気を付けろ、見た目通りの生き物じゃねえ。半端なことをしたらこっちがやられる」

「その通り。そこな女子よ、まだ殺気が足らんぞ。そなたから喰ろうてやろうか？」

「そうはさせねえ……【七ツ月の矢】よ、敵《てき》を穿《うが》て！」

ディルックの七射は幻惑な軌跡を描いた。

新月から満月に至るまでの七つの月のごとく魔力と明暗を与えられた矢は、その軌跡もまた玄妙怪奇であった。放物線を描いて爆発的な破壊力を生み出す満月矢、一直線で心臓を破壊する不可視の新月矢、そして残り五種は身動きを止めるために虚実を織り交ぜて両手両足頭部を射貫かんとする。

童女は、まるで誰かの罪を糾弾するように人差し指をまっすぐに突き出した。

新月矢の鏃《やじり》の一点が、その指の爪と口づけをするようにぴたりと接した。

「くそっ、これも通用しないのか……！」

「他の矢は未熟。だがこれだけは受け止めねばならんな」

童女の右手の指先は、見れば生身の人間ではない。

肘から先は赤色に輝くルビーのような鱗《うろこ》に覆われ、凶悪に伸びた爪は磨き上げた名剣のように白く輝く。

「竜……？」

右腕だけではない。

純白のワンピースから伸びる左腕も同じく竜の力を纏《まと》い、残る六本の矢を何の痛痒《つうよう》もなく弾《はじ》き返した。

「戦乙女の盾よ、敵を退《しりぞ》けて勇士を加護せよ！【ヴァルキュリア・バッシュ】！」

聖騎士ユフィーの盾は味方に加護を与えると同時に、重量と突進力を倍加させて敵に襲い掛かる。

だがそれもまた受け止められた。

童女のその小さな膝《ひざ》もまた鱗に覆われてワンピースの裾《すそ》を破り、爪は子供用の赤いパンプスを突き破って地面の岩に突き刺さり、どんな衝撃にも一歩も揺るがぬ不動の態勢を生み出している。

盾の先に感じる圧力は、幼い子供のそれではない。

まるで、山。

あるいは大地や自然そのもの。

遠くから見れば茫洋《ぼうよう》として掴《つか》みどころがなく、どこにでもあるような風景のようで、近付けば近付くほどその威容と分厚さに圧倒される。

その山が動いた。

柔らかい手の平が盾にぺたりと触れる。

そこから力比べが始まったかに見えたが、遊戯《ゲーム》など成立していない。

天空から地に落ちるように、天の法則の如《ごと》き抗いがたい圧力がユフィーの盾に押し掛かる。

ずずっ、ずずっと、ユフィーが押されていく。

しっかりと大地を踏みしめている足は、重装騎兵を乗せて戦場を駆ける戦車《チャリオッツ》のごとく土を削り取りながら後退していく。

盾の加護を発揮させたユフィーの腕力は暴れ牛や大鬼さえも上回るというのに、脂汗を流し渾身《こんしん》の力で抗っても、すべてが徒労に終わる。

重い。

そして、大きい。

「そんな……ラズリーでもない子供が、こんな……」

「攻防一体の隙《すき》のない連携。さぞ人の世で勇名を轟《とどろ》かせたのであろう。名は何という？」

「ここじゃ通用しないとでも言いたそうだな……」

ユフィーを援護するために放った矢もすべて爪の先を軽く振るわれて落とされた。

それを見たディルックたちは、諦めて名乗りを上げた。

「狩人のディルック」

「聖騎士のユフィーよ、お嬢さん」

「狩人ディルック、聖騎士ユフィー。問おう。なぜこの森を荒らす？」

童女が竜となった腕を人の形に戻し、人差し指を前に突き出して問いかけた。

「妖樹ラズリーを切り落とす。そのために来た」

「私たちの故郷に平穏を取り戻し、毒酒に侵された人々を治すためには、あいつの命が必要なのよ。そこを通して」

邪竜ソルフレアが去って魔物たちの世界は大きく縮小したが、人が絶対に手を出すことのできない暗黒領域と、その内部に乱立する闇深き国は残った。

美しき銀嶺にして直訴の巨人アーガイラム。罪人の守護者、バイコーンのエンリク。他、数名の古豪が治める国はソルフレアが倒れてなお誰も手出しはできず、死体啜りの森もそうした国の一つであった。

森を治めるドリアードの王にして長命種の巨恥《きょち》、悟らざる妖樹ラズリーは、甘美だが強い依存性を帯びた樹液や果実を餌《えさ》にして、魔物のみならず領域外の人間をも隷属させる巨悪だ。

千年を生きながら快楽や悦楽から未《いま》だに卒業できず、長命種たちからは「何と見苦しい」「悟りを得られぬ苦痛によく耐えられるものだ」と見下されている。

それでもラズリーは支配力、そして純粋な暴力においては他の国主に引けを取らず、暗黒領域において怨霊や邪泥《じゃでい》のごとく嫌われつつも、強い権勢を誇っている。

そのラズリーを討つことは、狩人ディルックと聖剣士ユフィーの悲願だった。

二人は、ラズリーの樹液を生成した毒酒によって故郷の街を奪われていた。闇商人ギルドが金のために毒酒を蔓延《まんえん》させ、誰もが毒酒がなければ精神の平衡を失うように仕向けた。

人々は毒酒を求め、奪い合い、家族や自分の身柄を闇商人ギルドに差し出し、いくつもの辺境の集落が支配された。友を売り家族を売り自分を売ることとさえ当然となった地獄から生き延びた二人は、冒険と試練の果てに一騎当千の猛者《もさ》となった。

闇商人ギルドの長《おさ》がいる場所にたった二人で殴り込みをかけ、血で血を洗う闘争の末に勝利して生き残った。だがこれで彼らの復讐《ふくしゅう》が終わったわけではない。

毒酒を根絶し、毒に冒された人々を元に戻して、初めて彼らの復讐は成し遂げられる。

そのためにはラズリーを討ち、その樹液から薬を作らなければならない。

二人は死体啜りの森を、己の死地と定めた。

「ならば鍛え上げた技を見せよ。手を抜いてここを通れると思うな。ラズリーのために温存していよう。月の神に与えられし加護はそんなものではないはずであろうよ」

その童女の言葉に、ディルックは目が据わった。

気息を整え、初心に返り、これまで幾千、幾万と繰り返してきた射法を詠唱と共に始めた。

「……我が弓が外れしとき、いと尊き月の神に心臓を供物に捧げる」

「ディルック！」

ユフィーが制止するが、ディルックの瞳に迷いはない。

「弓張月の光よ！　我が弓、我が弦、我が矢に宿り、敵の心臓を貫け！」

必中の加護を捨てさるのみならず、宣言した敵に当たらなかったときの罰を己に課すことで超常の力を発揮するディルックの最高威力の一射だ。

それは百年に一度の才ある者が果たすべき使命を得て、初めて為し得る難行であった。

「乾坤一擲《けんこんいってき》の矢に賭けるか。だが狙いがわかりきったものを食らう道理はないぞ」

童女が指を鳴らし、ディルックを睨《にら》んだ。

小さく可愛《かわい》らしいふくらはぎに凶悪な竜の力が宿る。

爆発的な一歩を踏み出して距離を詰めた……かと思えば、その進路上にユフィーが飛び込んでいた。

速度に劣るユフィーであるが、仲間を守るという聖騎士の本能がすべてを先読みした。

「そんなのは百も承知よ……戦乙女たちよ！　矢を番《つが》えし勇者に加護を与えよ！　【ヴァルキュリア・スポッター】！」

「また盾の突進か、芸がないぞ！」

そのままユフィーが童女へと突撃を掛ける。

先程の盾ほどの重圧は無いが、そのかわり鋭く、速い。

そこに童女の爪が襲い掛かるが、それを器用にステップして避けて懐に飛び込む。

「なにっ……？」

「術中にハマったわね！」

童女が盾を受け止めた瞬間、閃光が煌《きら》めく。

そして童女の体に奇妙な模様が浮かび上がった。

まるで競技や鍛錬のための弓術の的のように、心臓を中心に同心円状に模様が浮かび上がる。

「……なるほど。絶対命中の誓いの矢と、矢当ての加護を組み合わせたか」

「ずるいと思うかしら。けど本気を出せといったのはそっちよ！　ディルック！　命がけで魔力を注いで！　あたしも覚悟を決めたわ！」

「すまねえ……！」

ユフィーは盾で突進した後も攻撃の手をとめることなく、短槍《たんそう》で童女を突き刺そうとする。そして避けられた瞬間に重量級の盾で相手の攻撃を弾き返す。

自分を上回る強敵を仕留めるため、ディルックの最強の一撃を当てるための、千日手《せんにちて》のような地道で粘り強い作業をユフィーは続けた。突き、払い、いなされ、叩きのめされ、しかしユフィーは何度となく立ち上がってディルックを守り続けた。

ユフィーは攻める技術に乏しい。

だが、二度、三度、十度、百度と立ち上がることにかけてはどんな男にも負けることはない、聖なる烈女だ。ディルックがあらゆる悪の心臓に風穴を開けてきたのは、ユフィーの盾があってこそだった。

「ずるくなどはない。むしろ素晴らしいぞ。よき修練を積んでいる。千年前の猛者もおぬしたちには容易《ようい》に勝てぬであろう」

「……何が千年前だ！　俺たちが討つべきは今のラズリーで、そしてお前だ！　喰らえ！」

ディルックはユフィーのフォローを信じ、月が満ちるように魔力をため込み続けていた。

そして天に流れる流星の如き輝きが、大地から、いや、ディルックの矢から放たれた。

輝きの中心が、ふっとディルックの指から離れたと思いきや、敵の胸元へと到達していた。光が螺旋を描く。

「うぉぉおおおお！　貫け……！」

「避けても無駄か。次元を捻《ね》じ曲げて我が胸元に届く。そういうものだな」

童女は、だが、防御態勢に入った両手を交差させて受け止めていた。

足は大地にめり込み、岩を砕き、それでも一歩たりとも後退していない。

閃光がすべてを白く染め上げて何もかもが見えなくなる前に、ディルックもユフィーも、思ってしまった。

美しいと。

二人は悪しき人間のみならず悪しき魔物を数えられないほど屠《ほふ》ってきた。その中には、人間を遥かに超える美しさを持つ魔物も少なくはない。篭絡に長けた淫らな魔物も、闘争を極めた果てに美を纏《まと》った魔人も、ディルックは容赦《ようしゃ》なく撃墜してきた。今更、敵の容姿に心動かされはしない。

それでもなお美しさを感じたのは、拳の奥、矢や盾の感触の奥に雄大な何かを感じたからだ。

吹きすさぶ風。川のせせらぎ。そびえ立つ山。崩れ去る前の故郷の匂《にお》い。太陽の輝き。

一合一合、武器を重ねる度にそんなものを感じた。

だがディルックの矢は、その美に打ち勝った。

「むっ!?」

黄金色に輝く一条の光は龍の鱗を貫き、そしてディルックの願いの通りに童女の心臓を貫き、そのまま遠く遠く森の果てへと消えていった。

童女は驚愕の表情のまま、背中からばたりと倒れた。

「勝った……?」

恐ろしいほどの静寂に、ディルックもユフィーも、それ以上何も言えなかった。

終始圧倒されていたディルックたちは、何かを上回ったという手応えを一切持っていない。

心技体、すべてに負けていたはずなのに自分たちが立っているという薄気味悪さを感じていた。

その薄気味悪さは正しかった。

願いは叶《かな》ったが勝利を意味していないのだから。

「……おぬしの矢は心臓を射抜いた。心臓を撃たれたのは二度目じゃ。褒めてつかわそう」

倒れた童女が、倒れながら言った。

同時に、貫いたはずの心臓から何かが漏れ出した。

血ではない。

血を流させるほどの傷を与えられていないと、ディルックは気付かされた。

「対策は練っておったし、一度は試さなければならぬと思うておったが……いざやられてみると恐ろしいものよ。いや、真に恐ろしいのは矢でも月の加護でもない。撃つと決めたときの狩人の眼。獣を必ず殺してみせるという人の意志は、大自然の化身といえども抗いがたい」

それは炎。

いや、太陽の光そのものだ。

あれは童女の形をした太陽なのだとディルックは気付いた。

「我を倒す、ではなく、心臓を貫くという願掛けであって助かったな。そうであればおぬしの心臓は月に与えられておった。もっとも、あやつが心臓など受け取るかは怪しいところではあるが」

「お、お前は一体……」

「技を練り直し、また来るがよい。……それと、ラズリーはもうここにはおらぬ。あやつの落とした果実や根は褒美にくれてやろう」

心臓から、いや、童女の体から放たれた光は、すべてを白く染め上げる。

太陽の光が届かぬ死体啜りの森は常闇の世界だが、まるでそこに太陽が現れたかのようだ。

「太陽竜の咆吼は声であり光。眼と耳を閉じ、頭《こうべ》を垂れよ……我が名を冠する絶技、原初の光【ソルフレア】」

すべてを食らい尽くす光が、周囲一帯を包み込んだ。

気を失ったディルックとユフィーが目を覚ましたときには、童女の姿はどこにもなかった。

生かされたことに気付いたディルックは、拳を地面に叩き付けた。

「くそっ！」

神の加護が与えられたはずの武具が燃えているというのに自分が生きているはずもない。

だが、自分の隣で静かに寝息を立てているユフィーの顔を見て溜飲を下げた。

自分の無茶な戦いに付き合わせた罪悪感が頭をもたげる。

「ん……あれ？　ディルック？」

「お互い無事みたいだな」

「なんだったのよ、あの子は……。まるで古《いにしえ》のソルフレアじゃあるまいし」

「何もわからん。ただ……あの娘に、いや、暗黒領域に完敗したんだ」

ディルックは薄れゆく意識の中で、童女に回復魔法を掛けられたのを微《かす》かに覚えていた。

そして童女は、どこからともなく現れた白い狼に連れられて去っていった。

もう何も用はないとばかりに。

「でも……目的は叶ったみたいよ」

「どういうことだ、ユフィー？」

「ほら、これ」

二人が寝かされているすぐ側には、ズタ袋と籠《かご》があった。

まるで農村の出荷場に置いてあるようなその袋には、果実がどさどさと放り込まれている。

籠の方には、子供が薬草摘みをしてきたかのように木の根や葉が満載になっていた。

「……まるで、俺たちが欲しがってるものを知ってたみたいだな」

ディルックは籠の中身を確かめる。だが詳しい確認をせずとも、これがラズリーの根と葉であるという核心があった。

「ん？　なんだこりゃ、……手紙？」

葉っぱの中に、一枚の紙切れがあった。

「死体啜りの最奥まで来た勇者たちへ告ぐ。森を治めるドリアードの王、悟らざる妖樹ラズリーは我が倒した。仇を倒されて承服できぬのであればまたいつでも挑みに来るがよい。強く気高くある者にはこうして褒美をやろう。新たなる森の主《あるじ》、ソルフレア……だとさ」

「ソルフレアって、そんなまさか……」

ユフィーが笑い飛ばそうとする。

だが、そんな誤魔化しはできないことに二人は気付いていた。

数々の悪を打破した自分たちを赤子の手をひねるように倒せる存在などそうはいない。

何かが始まろうとしている。

二人は悲願が達成できた喜びも忘れ、大いなる時代の潮流を感じて戦慄《せんりつ》していた。

◆

暗黒領域の結界は堅牢《けんろう》であり、有史以来、内側からも外側からも決して破られることはなかった。

つまり外側はのどかで平和な人間の世界であり、人間たちの集う都会からは遠いものの農村や集落が点在している。

夕暮れ時、そんな農村のとある家の中で、怒号が響き渡った。

「こらソル！　また門限を破ってどこ行ってたんだ！」

大いなる太陽の化身に、これまた大いなる怒りが落とされた。

つまるところ童女の父親からの叱責であった。

「う、うむ、我が領土に足を踏み入れる不埒者《ふらちもの》がおったので、誅罰を……」

童女の言い訳に、父親は呆《あき》れたように溜《た》め息を付いた。

「まったく、森の中に秘密基地でも作って遊んでたのか。ミカヅキが探してくれなきゃまた真夜中になってたぞ」

「わふっ」

白いサモエド犬が、童女の父親に撫《な》でられて嬉しそうに吠《ほ》えた。

童女は抗議したい気持ちをぐっと抑えた。

暗黒領域に勝手に出入りしていることを知られては、この程度のお叱りでは済まないのはわかりきっていた。

「ご、ごめんなさい」

「それでソル。怪我《けが》はないか？　ないな。服はひどいなこりゃ……裾はどこかに引っかけたのか？　上は……なんか焦げてるな……しかも内側から。ってことは、誰かにやられたとかじゃなくて自分でやったな？」

「あっ、えっと、その、魔法」

「またソルフレアの生まれ変わりとかいって【竜身顕現《りゅうしんけんげん》】の魔法を使ったんだろ。あれはやめておきなさいと言っただろう」

「ち、違うの！　それは本当だもん！」

父親は、必死の抗議にどうしたものかと頭を悩ませる。

そこに童女の母親が口を挟んだ。

「あなた、門限破りはいけないけれど口調とかはいいじゃない。ソルちゃんはこういう年頃なのよ」

「おっ、お年頃……!?」

母親の取りなしに、童女はむしろショックを受けた。

「遊びくらいならいいんだが、この子は他の子と比べて魔力もあるし、竜族の血も濃いし、無茶しちゃうじゃないか。才能がある子なんだから、今のうちに危険なことはいけないと教えないと」

「それもそうよねぇ……」

太陽の化身、大いなる邪竜ソルフレア。

彼の者は勇者に敗北した後、悠久の眠りの果てに再び人の時代に顕現した。

のどかな開拓村の、ちょっとだけワガママで、ちょっとだけ甘えん坊の、どこにいでもいる女の子として。

「じゃから、我は本当にソルフレアの生まれ変わりなの！」

第一章

農場主の娘、ソル＝アップルファーム

EVIL DRAGON
LITTLE GIRL

我はソル＝アップルファーム。

りんごと牧羊を生業《なりわい》とするシャインストーン開拓村の村長、ゴルド＝アップルファームと、その妻ヨナ＝アップルファームの娘にして、村一番の美少女《ガキ大将》である。

好きなものはアップルパイとハンバーグ。

もっと大好きなのはパパとママ。

趣味はちゃんばらとかけっこ、集会場で長老が語る昔話を聞くこと。

お誕生日に犬が欲しいけど、どこかの家で犬の赤ちゃんが生まれても牧羊犬や番犬を欲しがる村人が多くてウチにはなかなか回ってこないことが目下の悩みである。

悩みは他にも幾つかある。

最近、友達のエイミーお姉ちゃんに「なんでおじいちゃんみたいな口調なの？　もっと可愛くきゅるるんしたしゃべり方が似合ってるんじゃない？」と言われていることだ。

それもいいなぁと思うがしっくり来ない。

我はもっと雄大な喋《しゃべ》り方をする方が性に合っておる。

あと、なんだか大事な事を忘れてる気がする。

それをエイミーお姉ちゃんに話したら「わかる。あたしもきっと前世で死に別れた運命の彼氏のことを忘れてる気がするもん」とか言われた。

悩みなき子供時代を卒業してアダルトな悩み多き日常送る我であるが、ある日、のんきなことにママが「絵本を読み聞かせしてあげたい」と言い出した。

我はもう九歳である。

寝る前に絵本を読んでもらうなど今更恥ずかしい。

「だってだってぇ！　昔は絵本なんて全然手に入らなかったんだもん！」

おうちのリビングで、ママが手をぶんぶん振ってワガママを言い始めた。

「そう言われても、絵本以外に色んなお話を聞かせてもらったのじゃ」

パパとママは、若い頃は冒険者をしていて色んなところに旅をしていたらしい。そのため物知りで、子供のための絵本こそなかったが、物語や昔話に困ったことなどない。

「そーじゃなくて！　並んで座って一緒にページめくったりしたいの！　ソルちゃんとそういうことするの長年の夢だったんだもん！」

ママはたまによくわからぬことを言うと思いつつも、ちょっと面白そうだなと思った。

「どんな絵本なのじゃ？」

「えーっとね。『怪傑シャドウの大冒険』、『雪の妖精ティアと人間のお友達』、『高慢と偏見とバーサーカー』……」

どうやらママは、子供向けの絵本をとにかく買ってきたらしい。

最近はりんごと羊毛が売れて隊商が頻繁に来るようになったので多分衝動買いしたのじゃ。パパに叱られて口喧嘩《くちげんか》する気がする。まったくもうママは仕方ないのう。

「あ、それと、もうちょっと大人向けのもあったのよ。『太陽の化身、最強の邪竜ソルフレアについて』っていう本ね。絵も付いてるけど、ちゃんとした神話の本なのよ」

「ソル……フレア……？」

「ソルちゃんと名前がいっしょね。読んでみる？」

「うん」

「あら、珍しく素直。ママ嬉しい！」

いそいそとママはソファーに座って本を開き、我を手招きする。

久しぶりにママのお膝の上に乗った。

ちょっと恥ずかしいけど、嬉しいのじゃ。

「なんだ、今日はずいぶん仲良しだな」

それを見たパパが、面白そうにこっちを見た。

「仲良しだもんねー」

「うん！　ママ、大好きなのじゃ」

「ずるいぞー二人とも！」

パパがソファーの後ろから、我とママを両腕で抱いてきた。ちょっとやめてよーとママは言うが、くすくす笑っていて本当は大歓迎の顔である。

「パパも大好きなのじゃ！」

「だからソルちゃんの本とかお洋服買っちゃったの、許してくれる？」

「おいおい、衝動買いする前に相談しような」

「大丈夫、そんなに高くなかったもの。ねー」

「ママには勝てないな」

パパがやれやれと肩をすくめて、後ろから我らを見守る。

そしてママの読み聞かせが始まった。

「むかーしむかし。竜は災厄であり、恵みでありました。本当に竜だったのかは誰にもわかりませんが、遠吠《とおぼ》えはまさに竜としか言えないくらい大きくて恐ろしいものでした」

「ふーん……」

「竜はお寝坊さんで、みんな困っていたのです。眠りが浅いと冬がすぐに終わっちゃいます。あくびして涙を流すと雨がざあざあ降って川が溢《あふ》れちゃいます。……ソルちゃんも規則正しい生活しようね」

「ちゃんとしてるのじゃ。魔物がみんなの魔力を使って巨大化して我に聞こえるくらい大きな声で頼んできたから、決まった月に起きて、決まった月に寝るようにしたのじゃ」

「ソルちゃんにはソルフレア様よりもっと小さい単位で寝起きしてほしいのだけど……」

「うむ」

人間の世は時間が細かくて大変である。

……んんん？

いや、我は何を思っておるだろう。

一年はめちゃめちゃ長いのに、不思議と、一日くらいの感覚で考えていた。

「ともかく竜は、ようやく地上にいる人と魔物に気付いたのでした。そして竜は、人間をいじめて魔物に味方するようになっちゃいました」

「いじめてなどおらぬし！　むしろ人間だって魔物をいじめたりしたのじゃ！」

「そうよねぇ。人間の方が魔物をいじめてたから竜は魔物に味方したって解釈の方が私は好きだなぁ……って、あれ？　この話したっけ？」

「え……？　いや、したような、してないような」

「何気なくしてたのかしらね……有名な話だし。ともかく竜は、魔物と一緒に暮らすようになりました。魔物たちは血気盛んだったので、竜はみんながケンカしても大怪我したり死んだりしないよう、法律やルールを作ることにしました」

「うむ、うむ。流石《さすが》は古来の竜である」

「でもその法律は割と雑で、『うっかりくしゃみして台風を起こしてはいけない』、『殴り合いのケンカは一年以内で終わらせること』、『湖よりもたくさんの酒を飲んではならない』みたいな竜から目線のものが多くて、魔物は頑張って竜を説得して、役立つルールに変えていきました」

「そ、それでも一生懸命考えたと思うのじゃ！　ウチの村にも『三日三晩宴会してはいけない』とか変なルールあるのじゃ！」

奇妙な気分であった。

おねしょしたときのことを近所のエイミーお姉ちゃんに茶化されたときのような、恥ずかしい気持ちが湧《わ》き上がってくる。

「えっと、ママはソルちゃんのことを馬鹿にしているわけではないのだけど……？」

ママが不思議そうに、こてんと首をかしげた。

言われてみればその通りだと我もこてんと首をかしげる。

「あれ？」

昔話のはずなのに、まるで自分の絵日記を読まれているような気恥ずかしさがある。

ママが読む絵本にうんうんと頷《うなず》き、ときには「違う、そうじゃない」と反論し、そしてママのお話が終わる頃であった。

「……もっとも偉大で、同時にちょっと傍迷惑《はためいわく》な竜の名前は、ソルフレア。太陽の化身である大いなる竜はお隠れになりましたが、明けない夜がないように、いつの日か再び姿を現すときが来るのかもしれません」

ママが絵本の末尾の言葉を読み終えたとき、不思議な感慨があった。

お話が壮大だった、わけではない。

むしろ逆だ。

とても親しみを感じるような、我《わ》がことであるかのような、不思議な感覚。

「ソルフレアは、どこにいるのじゃ？」

「そうねえ……太陽に帰ったのかもしれないし、海の底にいるのかもしれないわね」

「違う、ような気がするのじゃ」

「じゃあ……生まれ変わって、人間と一緒に暮らしてたりして」

「生まれ変わり？」

「うん。大自然の化身とか、すごい魔力を持った魔物や人間は、死んだ後に全然別の生き物に生まれ変わることがあるらしいの」

「……じゃあ、もしかして、近くにいたりする？」

「そうかもしれないわね。もしかしたら、ソルちゃんがソルフレアなのかも」

ママの何気ない言葉を聞いて、我の背中に電撃が走った。

我が、ソルフレア。

魂に刻まれ、しかし今は失われた我だけの名前。

悠久のときを過ごし、魔物と共に栄華を極め、しかし人間に敗れた記憶と共に思い出していく。

いや、思い出してしまった。

「ママ」

「なあに、ソルちゃん？」

「いつの日か、というのは、今である」

◆

人間に、負けた。

ありえざる出来事の前に、我はショックを受けていた。

生まれて以来、一度もそんなことはなかった。

視認することさえ難しい小さな小さな、ほんのひとときしか生きることのない存在に、負ける日が来るとは夢にも思わなかった。

だがそれでも今、意思があることが敗北の証拠であり勝利の証拠だ。

皆既日食のあの日、我の肉体は完全に滅び去ったが、魂だけを物質化して肉体から切り離して逃亡に成功した。

そして宝石のような一粒の石となった魂は幾千、幾万の月日で陽の光を吸収し、今ようやく、長い長い眠りから覚めることができた。

今まで生きてきた中で一番のピンチだった。

のどかな景色を見ているだけで「生きてる」という実感がある。

が、それも百年くらいで飽きた。

（うーん……暇じゃの）

魂だけとなったとき、周囲に敵がおらず、なおかつ太陽の光が当たって回復に専念できる場所を無我夢中で探していたところまでは覚えている。

どこかの山の山頂であることには間違いないが、見覚えのある景色ではない。というか見覚えがある場所であれば人間も魔物もきっと気付くわけで、そういう場所は無意識的に避けたのだ。

ただ暗黒領域の外であることは確実。集落はまったくない。知恵のない魔物が闊歩《かっぽ》し、それ以外は野鳥やカモシカ、熊が出るくらいのものだ。

勇者たちに見つからぬよう全力で隠れたことが仇《あだ》になった。人も魔物も訪れることのない山奥とはいえ、月日が経《た》てば魔物たちは権勢を取り戻して発展を続けるだろうと思っていたが、完全に予想が外れてしまった。

（せめて領域内であれば知恵ある魔物に預言を授《さず》けて、我を保護してもらうこともできたじゃろうが……。一番近そうなのは人間の集落じゃな……。いや、待てよ？）

このまま肉体を再生して再び人間に挑んだところで、同じことの繰り返しになってしまう。何の進歩もないではないか。

定命の定めにある人間のような矮小な生き物は、代を重ねて知恵を紡ぎ、我から勝利をもぎ取った。我も、驕りを捨て、人間たちに打ち勝ち、再び頂点に立ってこの世界に君臨する。

それこそ我、誇り高き太陽の化身ソルフレアというものである。

（そのためにまず、人間というものをもっとよく知らなければ。暇じゃし）

我は、人間に転生しようと決めた。

魔物に転生してもよいが、転生した種族に肩入れしたことになるので色々と面倒くさい。人間であれば後でまた魔物たちを統《す》べるときに言い訳も立つ。というか近くに魔物がおらんのでどうしようもない。

そう思いあぐねて更に百年ほど経つと、我の期待に応えるかのように開拓者が現れ始めた。

しかも暗黒領域の結界のすぐ近くの森を切り開いて、田畑や農園を作っている。

これは幸先が良い。

（……どうやら人間は、家族という単位で生きておるらしいの）

我、人間観察の趣味に目覚めた。

人間は夫婦という番《つがい》を作り、その番が集まって群れや集落を作るようだ。

馬や牛にも似てるし、ゴブリンやオーガなどとも似ている。

巣作りや道具、服作りに異様にこだわっているが、これはこれで面白い。

（問題は、血の繋がらない幼体を育ててくれるかどうかじゃな……）

この世界の人間や動物は、肉体が滅びた後も魂が別の存在として生まれ直すことがある。我はそれを真似《まね》してみようと思う。

そこで我は、集落に住む人間に向けて「声」を放った。

夢の中だけで聞こえるような、か細く小さいかわりに魂に響く神秘の声……つまり、神のお告げや預言と呼ばれるものを届けた。

（子を欲する夫婦よ。そなたらの願いを叶え、子を授けよう）

我は賢いので、群れを作る習性を持つ者は、血の繋がらぬ子であっても世話をすることがあるのを知っていた。特にそれは、子を産むことができぬ番に多い。

しかも、神聖な場所で拾った子は特に大事にされるっぽい。

多分。

そうでもない例もたくさん見たが、案外イケると思う。

「ねえ、ゴルド……本当にこんな山奥に何かがあるのかしら……？」

「わからん。だが神のお告げが昔からあるらしい。ヨナも夢で聞いただろう。正直ちょっと記憶が曖昧《あいまい》なんだが、神聖な声だった……気がする……」

赤髪の壮健な男と、長い銀髪のすらりとした女が、並んで山道を歩いてきた。

ヨッシャ！

人里にこっそり声を掛け続けた甲斐《かい》があった。

もう少し具体的な話をした方がよいかと思ったが、手も足もない状態で我の正体が露見されても逃げようがない。曖昧かつ、なんとなく神聖な雰囲気を感じて誰か来てくれと願っていたが、ドンピシャだ。

見たところ、若すぎもせず歳を取ってもいない。

恐らく子供を欲しているのになかなかできぬと見た。

(付け加えて……腕前も悪くない。どこかで腕を鳴らした冒険者か?)

男の方は、実直そうな戦士だ。荒くれ者のようにも見えるが、野良の獣や魔物が現れてもよく女を守っている。

女の方はしっかりと技を磨いている風情がある。防御の一切を男に任せ、十字槍《じゅうじやり》を振るって魔物を屠っている。

……美しい所作だ。

男は無骨で、質実剛健で、優しい。手さばきは豪快だが、立ち位置や足さばきは周囲のすべてを見通し、すべてを女のために注いでいる。

女は繊細で、華やかで、激しい。奔放だが的確な槍さばきはどんな獣であっても一突きで屠っている。それもこれも、男の一切を信じて託しているからこそ為せる技だ。

かような二人に子が生まれぬとは、人の世は難しいものだ。

「流石にここまで山奥だと魔物も強いな。大丈夫か、ヨナ」

「大丈夫よ……って、ねえゴルド！　あんなところに、宝石が……！」

男女の視線の先には、卵ほどの大きさの宝石……つまり我のビューティフルボディがあった。

ようこそと声をかけたいところだったが、生身の声は出せぬ。

せめて二人を歓迎するよう、光を放ってみた。

「本当に子宝祈願の神様じゃないかしら。あんなに神聖な魔力が込められてるだなんて……きっと御神体か何かよ」

「よし、不妊が治るか、それとも天から子供を授けてくれるのかはわからんが……やるだけやってみようじゃないか」

男女が我の前に跪《ひざまず》いた。

うむ、素晴らしい態度じゃ。褒めてつかわす。

「夫婦として連れ添って五年、一向に子供が生まれる兆しがありません。医者にも祈祷師にも願ってもどうにもなりませんでした」

「どうか私たちに子供をお授けください」

子を望む思いが、家族と共に生きていきたいという定命の者の祈りが、我に伝わる。

ようやく千載一遇の好機が来た。

「ゴルド！　これは……!?」

「宝石が……赤ちゃんに……!?」

我は多くの者の願いや望みを叶えてきた。

それはただ自分の力を譲り渡したり、施しをしただけではない。

我自身が制御しきれない大いなる自然の力を、祈りを利用して形にできる。

つまり、子供が欲しいという願いを叶えるということは、我がその子供になる、ということを意味する。

「……どことなく……お前に似てるんじゃないか」

「背中にウロコがあるし、竜人の血筋ね……。でもあなたにもなんだか目元が似てる気がするの。髪もあなたと同じだし……」

えっ、いや、そこは偶然じゃぞ。

古来、我が力を分け与えたのは魔物ばかりではない。

魔物の側に味方した人間にも与えたことがあり、その人間の子孫は竜人族と呼ばれている。

たまたまこの女が竜人族で、女の方こそ我に似ているだけだ。

髪の色が男に似ているのも偶然だ。

あえて言うなら、目の前の人間の姿をちょっとばかり参考にしただけで。

だがそれらの偶然は夫婦にとって、大いなる天啓となったようだ。

「あのお告げは、この子を拾って育てろ……ってことなのか?」

「お告げはわからないけどこのままにしておけないわよ……わわっ」

だがこの瞬間、大いなる過ちに気付いた。

まずい……瞼が重い。

人間の体は思ったよりも視界が狭いし、手も足も弱い。

思い通りに体が動かぬ……空も飛べぬ……！

「おぎゃあ！　おぎゃあ！」

「よしよし、恐くない、恐くない」

「大丈夫か？　お腹空《なかす》かせてるんじゃないか？」

「お腹を空かせてるって言っても……乳母を探さないと……」

「急いで村に戻ろう。このままじゃまずいぞ」

（い、いかん……！　今の肉体に引っ張られて、我が、我であることを忘れてしまう……！）

今の我は名も無き赤子だ。

名も無き、というところが非常にまずい。

転生してまったく新たな肉体に宿ってしまった以上、ソルフレアという名前の繋がりが消えてしまっては二度と記憶を思い出せなくなる可能性がある。

（しまった……この状態で正体が露見するのを恐れて、名乗るのを忘れておった……せめて、名前を告げねば……。炎よ、我が名を刻みつけよ……！）

我は、魔力を振り絞って岩に文字を刻みつけた。

これで正しき名で呼ばれればすぐに記憶も失われることはない。

魔力を使って、人間の全盛期の体に成長させることができる。

ともあれ赤子の体のままではどうにもならぬ。

「おや、赤ちゃんのいたところに文字が……ソル？」

「ふむ……この子の名前じゃないか？」

だがそれはすべての文字を刻みつけることなく途絶えた。

「いい名前だな」

「……ソルちゃん。うちの子になる？」

二人の優しい笑みだけが、我の瞼に残った。

◆

こうして開拓村の村長ゴルド＝アップルファームと、その妻ヨナ＝アップルファームは我を拾い、そして育児という名の激動の日々が始まった。

二人は元々、在野の冒険者パーティーが合体した旅団であり、魔物たちと戦って土地を手にして、そこを王国に認められて開拓村を手に入れた。

それまでの熱き闘いの日々は終わり、冒険者たちは平穏な日々を過ごすはずであった。

ある者は麦を作り、ある者は山で山鳥や猪を狩り、そしてある者は果物を作った。

ある者は結婚し、家族を作った。

アップルファーム夫妻は結婚してから子供ができないことを悩んでいたが、ある日突然、子宝祈願の山に登ったと思ったら子供を拾って降りてきて乳母を探し始めた。

村人たちは度肝を抜かれた。

魔物と獣しかいないような山に子を捨てるなどありえない。

あれは神の子だと囁く者もいれば、あれは悪魔の子だと囁く者もいたが、ゴルドたちは「俺たちの子だ。俺たちが育てる」と言い、それ以上は語らなかった。

幸いにも、村人たちはそれを受け入れた。開拓村はつまるところ伝統も家柄も持たざる余所者たちの集まりであり、他人の生まれの良し悪しを指摘すれば自分に返ってくる。

そしてやがて、我の生まれの珍しさを忘れた。

むしろ才能と元気溢れる我を見て、神の子とか悪魔の子とかの異名よりも「アップルファーム家の悪戯《いたずら》っ子」、「シャインストーン開拓村で一番の悪ガキ」として世に憚《はばか》ることとなった。

どうやらハイハイしかできないのに親の目を盗んで外に遊びに出かけようとしたり、歩けるようになったら子供たちの間でガキ大将となって年上の子供とケンカをしたり、馬や牛の背中に乗ろうとして厩舎に忍び込んで、翌朝、牛と一緒に寝ている我が発見されるなど、大人たちを散々困らせていた。

こうして転生してから数年、我はアップルファーム家の至宝にして村一番の美少女《ガキ大将》として過ごした。

そんな生活が続いた九年目のある日、我はママが読んだ絵本によってようやく記憶を取り戻した。

我は、邪竜ソルフレアである。

◆

「どうしたの、ソルちゃん？」

「ま、まさかこんなことで過去を思い出してしまうとはのう……。不幸中の幸いと言うべきか……」

ただソルと呼ばれていた状態では我はアップルファーム家のスイートダイヤモンドにして村一番の美しき娘であったが、本来の名前と共に昔話を聞かされたことで魂が揺さぶられ、大いなる太陽の化身、邪竜ソルフレアとしての記憶が蘇《よみがえ》ってしまった。

「ソル、どうかしたか？」

「さあ……私にもさっぱり」

「やっぱり誕生日に犬ほしいか？　俺も牧羊犬は欲しいんだが、調教しなきゃいけないから中々難しいんだよ」

「もしかしてお腹痛い？　変な物でも食べたかしら……？」

頭を抱える我を心配して、ママとパパが語り掛けた。

「ママ、パパ……いや、母上、父上」

「お、おう。どうした突然かしこまって」

「我が名は大いなる太陽の化身、業火の邪竜ソルフレア。幾星霜《せいそう》の果てに再びこの世に覇を唱えるため、人の身にて顕現したものである」

我はそう言い放ち、魂から湧き上がる魔力を練り、体に循環させる。

記憶の復活と共に、大きな魔力がその身に宿りつつある。

そして我は魔力を使って体を成長させ……ようとしたがなんか上手《うま》くいかない。しまった、人間の体に魂が馴染《なじ》みすぎた。もうちょっと身長がほしいのじゃが。

「な、なんて力だ……ヨナ……もしかして」

「ええ、ゴルド……これはもしかしたら……」

パパとママが目配せする。

怖がらせてしまったと、少し心が痛む。

前世の記憶を思いだしたが、今の記憶……パパとママと共に過ごした記憶を忘れたわけではない。いや、忘れられようはずもない。子守歌を歌ってくれたことも、誕生日にアップルパイを焼いてくれたことも、すべて覚えている。

だが今は、別れのときだ。

「そなたらの献身、大義であった。我はこれより覇道を征《ゆ》く。別れの時だ」

上を向こう、涙が流れぬように。

引き止められるだろう。

だがそれでも振り切って行かねばならない。

「ソル……お前、まさか……」

パパがわなわなと震えている。

我の正体にようやく気付いたのであろう。

「もしかして……反抗期が、来たのか……？」

「そんな……家出したくなっちゃうなんて……このままじゃソルちゃんが不良になっちゃう
……！」

「うむ……うむ？」

パパとママが愕然《がくぜん》とした顔をしているが、なんか予想してる方向と違う。

「男の子なら一度はソルフレア様の神話にハマるもんだが、まさかソルもそうなるとは……。あ、もしかしてソルフレア教団とかに入ろうとしてるんじゃないだろうな……？」

「このあたり見たことないわよ？　いるのかしら……でもソルちゃんが知ってるくらいだしいるの

かも……」

パパが心配そうな顔をして我に質問してきた。

けど知らない。全然そんなの知らない。

「ソルフレア教団って、なに？」

「あれ、知らないのか？　古き神ソルフレア様を崇《あが》め奉《たてまつ》るって建前で、夜な夜な廃教会や廃屋に集まって酒を飲んだり暴れ馬や暴れ竜を乗り回したりする若者たちのことだ」

「今時、魔物でもソルフレア様を崇《あが》めてないのに、不思議よね……」

パパは困ったものだと眉をしかめ、ママが首をかしげる。

いやほんと不思議なんじゃが。

「ほら、やっぱり神話に出てくる存在の中じゃ一番強いってところが子供心をくすぐるんだよ。勇者様以外に負けらしい負けはないし、勇者様だってソルフレア様を罠に嵌《は》めた感じで正面から勝ったとは言えないところがあるし」

「そういうものかしらねぇ……男の子がハマるのはよく聞くけど」

「好きなものがあるのはいいことだけど、もう少し同世代と触れ合って社会性を身に付けた方がいいと思うんだ。やはり村の中だけだと刺激も少ないし、変な組織に勧誘されたりしてコロッと靡《なび》いちゃうかもしれない」

「そうなのよね……隣町に学校ができるらしいし、相談してみようかしら……」

パパとママはそう言いながらチラッチラッとこっちを見てくる。

これは……転生したとかじゃなくて、なんか格好いい雰囲気に憧《あこが》れてるお子ちゃまとみられておる……な、納得がゆかぬ……！

じゃが、竜の力を一時的に自分の体に宿すことはできるはず……！

魂がしっかりと肉体に定着していて外見を操作するのは無理っぽい。

「わ、我は遊びじゃないのじゃ！　その証拠に……」

「むん！」

体内にため込んだ魔力を放出すると、背中に翼が生まれた。

そして肘から先と膝から先が、猛々《たけだけ》しい竜のように変化する。

おお……けっこう格好いいかもしれぬ……。

「これは……【竜身顕現】か……？」

「凄い……この歳で竜の力を宿すなんて……」

「りゅうしんけんげん？」

なんかまた知らない言葉が出てきた。

「大昔、ソルフレア様や太古の竜から竜の力を分け与えられた人間は竜人と呼ばれていて、【竜身顕現】という魔法が使えるんだ。ママも竜人の血を引いてるから使えるぞ」

「私とおんなじね！　でもソルちゃんほどちっちゃい頃には使えなかったなぁ。十二歳くらいだったかしら」

「いやいやいや！　我がオリジナルじゃし⁉」

そういえばそんなこともあった。

力を人々に分け与えた結果、我のサイズがちょっと小さくなったのじゃった。

だから我はママの真似をしているのではない。

ママやママのママとパパ、ご先祖様たち全員が、我の力の真似っこなのじゃ。

我こそ開祖である！

「いや、ソル。わかる。気持ちはわかるぞ。名前もかぶってるしな」

「そうそう！　そうなのじゃ！」

「けれどソルフレア様にあやかってソルって名前を付けられた子や、ソルって付いた地名は世の中そこそこあってな。ソル・マウンテンとかソル・リバーとか」

「あれ紛らわしいのよね。朝日山とか日輪川とか、古地図の地名を現代語に訳すと全部ソルなんとかになっちゃうし」

「そうそう。古代語で太陽って意味だからよく使われるんだよ。朝日とか夕日が綺麗に見える観光名所はソルって名前が地名に関係してるんだよ」

「さすがパパ！　博識！」

……そういえばそうじゃった気がする。

領土の名前にソルって付けていいですかとか千年くらい前に聞かれていたような。

「あと、もう亡くなったけど私のひいおばあちゃんもソルって名前だったのよ」

「ウチの地元にもソル爺《じい》さんとかいたな」

「ちょっと古い名前だけどいい名前よね。最近はかっこいい名前の子供も多いけど、私やっぱり、あなたの名前がしっくりくるし好きよ」

「そうだよなぁ……。ソルは、しみじみいい名前だ」

ママとパパから頭をなでられる。

なんとも心地よい気分じゃゃ……我が竜だった頃には考えられぬ悦楽の境地よ……。

「えへへ……ではなく！」

いかんいかん、流されてしまうとこじゃった。

我があまりにも偉大過ぎたゆえに「ソル」という名はありふれた名前になってしまったようで、ソルフレアと特別な縁があると言ってもピンと来ぬのじゃろう。

じゃが我こそが正真正銘のソルフレアである。

それを理解してもらわねばならぬ。

「パパ、ママ。聞いてほしいのじゃ」

我は咳払いをして、居住まいを正した。

できる限りこの二人の恩に報いることができるように。

「我こそ太陽の化身、業火の邪竜ソルフレア。悠久の眠りの果て、再びこの世に覇を唱えるために顕現したものである」

「お、おう」

「そ、そうね、ソルちゃん」

「巣立ちのときは来た。じゃが……そなたらには格別の恩がある。恩賞は思うがままじゃ。望みを言うてみるがよい」

つまり、【竜身顕現】を使えるソルという名前の子……というだけでは、我が偉大なる竜である証拠としては薄いということじゃ。

であれば我の、願いに呼応する力を見せれば、きっと信じるであろう。

夫婦が望めば子となることができる。

他に願いがあれば、その願いに合わせて魔力を使えるはずじゃ。

恐らく。

多分。

「そうねぇ……ソルちゃん」

「うむ」

「犬が欲しいからって野良犬を捕まえようとしないでね」

「だ、だって、牧羊犬がいたら助かるってパパ言ってたしぃ……」

ママがパパを凄まじい目で睨んでいる。

「い、いや！　確かに言ったが絶対必要ってわけじゃないし、難しいんだよ！」

「いい、ソルちゃん。牧羊犬はちゃんと躾けられた頭の良い犬じゃないとダメなの。ソルちゃんはエイミーちゃんの家の猫ちゃんが羨《うらや》ましいだけでしょ」

「我だってペットと遊びたいのじゃ！」

「だったらちゃんと良い子にすること。そろそろ朝ご飯だけど今日こそタマネギも食べてくれるわよね？」

ママはそう言って朝食の用意を始めた。

パパも手伝ってすぐに準備が整う。

カリッと香ばしく焼き上げられたライ麦パン。

その隣には、玉ねぎとソーセージのスープ。

ソーセージもパンも大好きじゃ。

じゃがタマネギだけはいかん。

「……だ、だぁって、苦いしぃ……」

「だからスープにしてあげたじゃない。甘いから。大丈夫だから」

「でもぉ、なんかぬるぬるするしぃ……歯に引っかかるしぃ……」

「だからちゃんと細かく切って、甘くなるようにしーっかり炒めました！　あなたが邪竜ソルフレア様なら、なんでも喰い尽くす最強の顎《あご》と牙があるんでしょ！　おててもお人間に戻して！　お洋服ひっかけちゃったらどーするの！」

「はい、ママ……頂きますぅ……」

我は観念してちびちびとスープを飲み始めた。

願いを聞く態勢でママの話を聞いてしまったので、逆らおうとすると肌がピリピリする。

普段と違って義務感がわいてくる。

「お、反抗期が来たと思ったら素直じゃないか。偉いぞ！」

「やったぁ！　いい子よソルちゃん！」

パパとママが手を合わせて喜んでいる。

それを見ていると「我、がんばった」と自分をほめてあげたくなる。

「それと、お寝坊もしないように朝がんばって起きてね。ソルフレア様は地上の生き物のために規則正しく起きるようになったのよ」

「う、うむ。我もそのときは反省して……って、そうではなく！」

「ああ、そうだ。最近、猪の魔物が現れて垣根を荒らしてるみたいなんだよな」

「ほほう。敵が現れたのか。ならば我が……」

「けど今日の仕事はそれで終わりだ！　午後はパパと遊びに行こうな！　また行商人が市を開いてるから本も買えるぞ！」

「やったぁ！」

「邪竜ソルフレアと月光の狼ミカヅキの決戦のお話が読みたいんだったかな」

「違うのじゃ、その続きなのじゃ！」

「ははは、わかったわかった。ちゃんと読んであげるから良い子にしてるんだぞ！」

「うん！　いってらっしゃい！」

「それじゃソルフレアちゃん。それともソルフレア様？　歯磨きしてお着替えして、集会所にいきましょうね。長老が聖書を読んだり文字を教えてくれたりするから、しっかり聞くのよ」

「はーい！　なのじゃ！」

集会所でお勉強した後は村の子供たちと一緒に遊べる楽しい時間じゃ。

だがこないだは鬼ごっこをして全員五秒で捕まえたので我だけ鬼禁止となっているから、他の遊びを考えねばならぬ。

「……って、ちっがーう！　我は世界を再び支配するために力を取り戻して……」

「ほーら、ソルちゃん行くわよー！」

「いってらっしゃい！　良い子にしてるんだぞ！」

「違うのじゃママ！　パパ！　だからぁ……！」

今日は我が記憶を取り戻した記念すべき日である。

そのはずが、よくあるいつもの日と変わらず過ごすこととなってしまった。

第二章　暗黒領域

「いかん、このままではまずいのう……」

記憶を取り戻してから何度か「我はソルフレアである」と訴えたものの、その度にパパとママにスルーされてしまう。

とはいえパパとママも、冗談と受け取るそれなりの根拠があった。

我を拾ってきたときに神官や占い師に体調や健康状態を診てもらい、「肉体そのものはまったくの健康体」、「生まれが不思議なだけで、魔物や邪神の眷属《けんぞく》などではない」というお墨付きをもらっていた。

しかも神官と占い師の連名で「この子は竜の血がかなり強めの竜人です」という証明書まであった。

「くっ、我の転生が完璧過ぎたのじゃ……。うーむ……」

我が本気を出して人間に転生をしてしまったのじゃ。

それで我の肉体の痕跡《こんせき》は完璧に消えておる。

普通の人間に見破れるはずもなかった。

なかったが、これではまずい。

農園の隅っこに設置されたブランコを揺らしながら、我はどうすべきか悩んだ。

何かパパとママを説得する方法はないじゃろうか。

「どしたんソル。パパとママと喧嘩した？　犬欲しいなら来年まで待ちなよ。牧場で飼ってる牧羊犬が大きくなるから、子供作るんじゃないかなー。人気あるからまた抽選になっちゃうけど」

そのとき我の隣に、にょきっと金色の髪の明るい娘が現れた。

我より五つ上の幼馴染《おさななじみ》、エイミーお姉ちゃんである。

「父上と母上に不満があるわけではないのじゃ」

「いきなり精神年齢上がっててウケる。中二病になったたってマジだったんだ」

「エイミーお姉ちゃん！　我は大真面目なのじゃ！」

「うんうん。なんだか様子が変だって聞いてたけどあんまり変わってないね。安心安心」

「めっちゃ変わったんじゃが？　我、邪竜なのじゃが？」

「ウケる」

エイミーお姉ちゃんは大らかで優しく、そして明るく楽しい村の子供たちのアイドルではあるが、ちょっとガサツなのが玉に瑕《きず》である。

というわけで、そのおすまし顔を歪《ゆが》ませてやるのじゃ……。

「ふふふ……我の真なる姿を見て笑っていられるか見物じゃな……【竜身顕現】！」

我は魔力を背中に集中させて竜の翼を生み出した。

ただし、おててと足はそのままじゃ。爪が鋭くて危ないからの。

「うわっ、なにそれすっごぉ!? 飛べるやつ!? いいなーいいなー!」

エイミーお姉ちゃんは、我の翼を見て目を輝かせた。

それはもうキラキラを超えてギラギラってくらい興奮して喜んでおる。

「お姉ちゃん図太いのう」

「あー、傷付くぅー! 太ってないし!」

「でも……なんで恐がったり驚いたりせぬのじゃ?」

「だって、みんな知ってるってば。ゴルドさんとヨナさんが自慢してたし。うちの子天才だって。あと邪竜ソルフレアの生まれ変わりだと思い込んでたとか」

「うにゃー!?」

ウッソじゃろ?

我の……我の渾身の訴えが……ご近所にも「あらあら、お年頃なのね」みたいに思われておる、じゃと……?

「あのね、ソルちゃん。うちらが住んでるところはドの付く田舎なの。ご家庭トラブルを秘密にするの無理なんよ。ちょっと前は牧羊犬を飼いたくてわんわん泣いてたことも知ってるし」

「ほあああーっ!?」

「ソルちゃんの魔力とか邪竜ソルフレアの名前に驚くとしたら村の外の人か……あとは暗黒領域の魔物くらいじゃないかなぁ。あ、でも勝手に村の外に行っちゃやだめだよ」

「む？　……暗黒領域？」

エイミーお姉ちゃんの口から、珍しい言葉が出てきた。

この村で育った我としてではなく、前世としての懐かしさを覚える。

実家のような安心感というやつじゃ。

「暗黒領域とは……あれじゃろ？　魔物たちがいるところじゃろ？」

「そうだね。結界で隔てられてて破られたことはないし近くまで行っても安心だけど……正門の方には行っちゃダメだよ。魔物を殺しに来た冒険者とかゴロツキとか、暗黒領域の中に行こうとする危ない人がたくさんいるから」

「うん。見るのは結界だけにしておくのじゃ」

「よい子よい子」

暗黒領域を見るため、我は翼を羽ばたかせて飛び上がった。

「うおっと、高い高いされる側になっちゃった」

一人で飛び上がるつもりが、気付けば我の腰にエイミーお姉ちゃんが抱きついておる。

「これ、危ないのじゃ！」

「いやー、絶景絶景……。あ、ほら、あっちが暗黒領域だよ」

エイミーお姉ちゃんが指を差した方向には、鬱蒼《うっそう》とした森や峻厳《しゅんげん》な山々がある。

だがその場所とこちらの境目に、何か薄く煌めく膜のようなものがあった。

「確かに、結界があるのう」

「なんでか知らないけどあの結界は昔からあって、空を飛んでも土を掘っても向こうには行けないんだって。正式な門から入らないといけないんだとか」

「それは魔物たちの決め事……獣《じゅう》の律が生きておるからじゃのう。諍《いさか》いが起きたときは獣のように、決闘で正々堂々と決着を付けねばならぬ。戦わねばならぬ者が降参せずに逃げたり、戦う意志の無き者を無理強いして勝負に引き込んだりしてはならぬのじゃ」

「へえー」

「もしあそこを自由に通行できる者がいるとするなら、暗黒領域の主と認められた者のみ……って……」

「どしたん？　お悩み？　話聞こかー？」

沈黙してしまった我を心配したのか、エイミーお姉ちゃんが冗談交じりに尋ねた。

「大丈夫だから降りるのじゃ」

ふよふよと降下してエイミーお姉ちゃんが怪我をしないように地面に降ろした。

「ちょっと出かけてくるのじゃ！」

「わかったー！　暗くなる前に帰るんだよー！」

お姉ちゃんの声を聞きながら、我は暗黒領域の結界に空から近付いていった。

◆

暗黒領域は、神聖なる闘争の場である。

千年前、我、太陽の化身たるソルフレアと月の化身が「おめーちょっと調子乗ってんじゃねーの?」「ああ? てめーのことだろぉ?」「やんのかオラ」「上等だ」を発端とする闘争を魔物たちが褒め称《たた》え、「ここを神聖なる闘技場にしよう」と言い出した。

闘技場と行っても、小規模な国の領土よりは遥かに広い。

それを包む広大な結界は城壁のように中と外を断絶させている。生きている人間も、あるいは獣も、それを乗り越えることはできない。結界であると同時に、許可なき者の通行を頑《がん》として阻む厳正な国境でもあるのだ。

だがこの結界は我のために作られたもので、我を阻むことは一切ない。

我、つまり太陽の化身、月の化身、そして雲の化身など、大自然の化身が集まって造り上げた壁は、数万年程度ではビクともせぬ。

肉体こそ捨て去ったが、この神秘にして崇高なる魂を間違えるはずもない。

と、思う。

大丈夫。

大丈夫じゃよな？

し、信じておるからな！

「……よしッ！　……思った通りじゃ！」

我が手をかざした瞬間、結界は我だけが通行できる穴を広げた。

まるで虹《にじ》色のトンネルのような不思議な通路ができあがって中へと導いていくれる。

「うむ、この感覚も久しぶりじゃのう」

そのトンネルもすぐに終わり、暗黒領域の内部へと抜け出ることができた。

そこでは、昼間とは思えぬ闇に包まれた、鬱蒼とした森が広がっている。

お昼とは思えぬほどの暗さだ。

「ふむふむ……ここは死体啜りの森かの……？　人の世は様変わりしたが、ここはあまり変わっとらんのう」

結界の外に広がる、ケヤキやヒノキで成り立つ森とはまったく違っている。ねじくれた巨木が乱立し、大きな枝と葉は太陽の光をまるごと遮っているためだ。

森というよりは、樹木が絡み合ってできた洞窟《どうくつ》とも例えることができよう。

「人間の明るい村もよいものじゃが、こういう世界も悪くはないのう」

我はこの殺伐とした空気を懐かしみながら散策を始めた。

だが数分ほど歩いて、違和感に気付いた。

「静かじゃの……。酔っ払いもケンカもない。人里より平和じゃぞ……？」

暗黒領域は、野蛮ではあったが活気があった。

人間と違って多種多様なためか諍いはよく起きたが、それを治めるための決闘裁判はよく行われており、同時に娯楽の一つでもあった。些細《ささい》なことでよく決闘が起きた。何もケンカばかりではない。殴り合いが苦手な者は札遊びや双六などでも決闘しており、その喧噪は遠くまで鳴り響いていたものだ。

我はそれを眺めるのが好きであった。渾身の力を込めて、互いの魂を競い合う魔物たちは、暗き世界にあっても輝いておった。

だがもっと好きなのは、我への挑戦者だ。

「おや？」

そのままてくてくと歩いていると、木陰に誰かが座っているのが見えた。

キツネのような顔に人間の体を持った魔物、コボルトだ。

一匹一匹はさほど強くはないが、集団となったときの統率された動きは巧みで、強い魔物であっても侮れない。

「なんじゃ、寝ておるのか」

「んごごご……すぴー……んごごご……」

だが、見たところ一匹だけだ。しかも酔っぱらっておる。

「何をしておるか。風邪を引くぞ」

「んあ？　ああ、悪いなぁ……ひっく」

「酒臭いぞおぬし。シャキッとせぬかい。ろくに食べ物も食べておらぬじゃろう。りんごでも食え」

「おお、悪いな。腹ぁ減ってたんだ」

コボルトは見たところまだ若いようだが、まるで老人のごとく覇気が無い。

これだけの会話で疲れてしまったのか、そのままうたた寝を始めてしまった。

「なんじゃ……どいつもこいつも元気がないのう……」

どこもかしこも静まりかえっている。

すれ違う魔物がいても、皆、寝ているか酔っぱらっているかだ。

野垂れ死んでいるのではと思うほど弱っている者もいた。

期待していた光景との違いにがっかりしながら歩いていると、これまた懐かしい魔物が我の前に現れた。

「おい手前《てめえ》、何してやがる」

「すっげー珍しい。人間のガキだぞ！」

「もしかして、こいつが噂《うわさ》の『赤い手の女』じゃないか？」

「そんなわけねえだろ。獣人か竜人の子供じゃねえのか?」

「腹減った……食えるかあいつ……?」

「お前なんでも食べようとするのやめろよ」

我の前に現れたのは緑色の肌に腰蓑《こしみの》を着けている人型の魔物、つまりゴブリンである。

小鬼とも呼ばれ、ソルフレアが世を支配していた頃から存在している古式ゆかしい魔物だ。

性質は人間と似ている。

他の魔物のように際だった特徴はないが、手先が器用な者、力持ちな者、魔法が得意な者など、様々な発展を遂げる可能性を秘めた存在であった。

だが、鍛えていなければ弱い。

「外から迷い込んできたのか? へへっ、お嬢ちゃん、運がねえな。死にそうな連中ばっかりで油断したか?」

うむ、見た目で舐《な》められている。

それは構わぬ。パパもママも、我を恐れてはおらぬ。

だがそれは愛されベイビーであるがゆえに恐れていないのであって、強い弱いを知らぬわけではない。

強さを尊ぶ魔物が目の前の存在の強さに気付かないのは、今いる場所のレベルの低さを示す。

「うーん……こんなもんかのう」

「馬鹿野郎。見た目で侮るんじゃねえ。こんなところに汚れ一つねえ人間のガキがいる時点でおかしいに決まってんだろう」

だがゴブリンたちのリーダーらしき男が警告を放つと、全員が油断を捨てた。

雑談を止《や》めて我を睨みつける。

「うむうむ！　わかっておるのう！　それでこそ誇り高き魔物じゃ。いつでもかかってきてよいぞ！」

「……別に、油断するなとは言ったが戦うとは言ってねえよ。つーかなんで喜んでるんだお前は。なんでこんなところにいる」

リーダーが困惑した顔で我に尋ねた。

「我はソルじゃ。目的は……里帰りというところかの」

「ソル……ソルフレア様から取ったのか？　大胆な親がいたもんだ」

ゴブリンのリーダーが呆れたように言った。

パパとママを馬鹿にするのは許せんと思ったが、我を尊ぶがゆえならばスルーしてやろう。

「して、そこのゴブリンよ。この地は今、何の闘技《ゲーム》が行われておる？」

暗黒領域は闘争が尊ばれる。

だがそれは無秩序なものではなく、守るべき法の下で行われる。

その闘争のルールや枠組みを、闘技《ゲーム》と呼んだ。

「ゲーム？　なんだそりゃ」

だが、リーダーが首をひねった。

「ほれ、色々あるじゃろうが。グラップルとか、電光石火とか、ダンス・マカブルとか。国盗りとか。まーったくもの知らずな若者じゃのう」

我は純粋な腕自慢以外にもチャンスを与えるため、速さに秀でた者、知恵や統率力がある者、あるいはダンスが達者な者が勝てるルールも設けていた。

特にダンスバトル王者決定戦は、それはそれは盛り上がったものじゃった。

だがゴブリンどもは、なんだそれ？　といった様子である。

「なんでガキに若者扱いされてんだ俺たちは」

「おばあちゃんに叱られたの思い出した」

話が噛《か》み合わぬ……と思ったものの、若者たちの後ろの方から、一人の老ゴブリンが進み出てきた。

「今は、というより千年間ずっと『国盗り』が続いております」

「じいさん、知ってんのか？」

「支配者と認められた者同士で領土を奪い合うのが『国盗り』であります。つまり、今のこの暗黒領域の社会そのものですな。唯一無二の勝者が現れたとき暗黒領域の王者《チャンピオン》と認められ、ソルフレア様が降臨して願いを叶えてくれるそうな」

「なんだって、ソルフレア様が……!?」

「また、過去には国盗りの他にも王者を選出する闘争の形は様々でありました。今は他の闘争は失われておりますが」

老ゴブリンが進み出て、か細い声で語り出した。

「うむうむ。懐かしいのう……って、失われた？」

「もう誰も覚えてはおりませぬ。千年もの間、領域内の国主同士で同盟が起こり『国盗り』の決着がついておらぬのですから。……もっとも、ソルフレア様がお隠れになった暗黒領域を守るため、致し方ないことではありますが」

「なんと……」

我が死んでいる間に、状況は大きく変わっていたようだ。

配下の魔物たちが守ってくれているのはありがたいことだが、わが身のふがいなさも痛感する。

力を蓄えて今の国主に会わねばと思ったが、少し疑問もある。

「いや、しかし、それでは戦も起きぬはず。その割にはどいつもこいつも戦に負けたような有様じゃが」

「なんだと！　……いや、そう思われても仕方がねえか」

ゴブリンのリーダーが一瞬怒るが、すぐ恥じ入るように顔を伏せた。

「では、戦っておったのか？」

「大国同士はともかく、小国同士じゃ小競り合いは普通に起きてるさ。俺たちゃ負けに負けて、流れに流れたあぶれ者よ」

「恥じ入ることはない。負けたということは戦ったということじゃ。鍛えなおして戦に臨めばよいではないか。やがて誰よりも強くなって、誰もが認める王者となれるかもしれぬぞ」

「へっ、夢がある話だがそうはいかねえよ」

「なんでじゃ」

「本気で旗揚げして王者になろうとする強者もたまに出てくるぜ。だがそういうやつが出てくると他の国主たちが連合を組んで潰《つぶ》しにかかってくる。いくら強くったって、小国の国主で満足するか、大国に仕えるかのどっちかで満足するしかねえのさ」

「なんじゃと……!?」

驚くソルを見て、老ゴブリンは溜め息をついた。

「仕方のないことなのであります……。もし暗黒領域に誰もが認める王者が生まれたら、今度こそ人間の国との最終戦争になりかねません。ソルフレア様がお隠れになった今、新たな王者が現れたところで人間には勝てぬでありましょう」

「し、しかし、我……ではなくソルフレア様がいなくなったとしても、月の化身がおるじゃろ？」

月の化身は我ほど積極的に魔物を庇護《ひご》してはいなかったが、それなりに信仰している魔物がいた。

我が死んだとて、それで逃げるようなやつではない。

「知らぬのですか？　月の化身様も人間に敗北しましたが。他の大自然の化身様も散り散りになって、今はどこへいるのやら……」

「し、知っておったが？」

うっそじゃろ。

いや、だが、我が敗れたことを思えば、月の化身ミカヅキにも何か弱点があったのかもしれぬ。

それにもし生きていたならば、暗黒領域はもう少し昔の雰囲気を保っていただろう。

今ここは神なき地。本当の暗黒となってしまった。

「……魔物は闘争を尊ぶもの。特にゴブリンよ。そなたらには戦士としての矜持《きょうじ》があろう」

ソルフレアは何も、矮小な生き物たちが戦ってる姿を見るのが好きだったわけではない。

だが魔物は闘争本能を持て余した種族たちばかりだ。

彼らは闘争に喜びを見出《みいだ》し、正々堂々たる戦いに勝つことを誉れとした。

それに感銘を受けたからこそ、ソルフレアは魔物の主となったのだ。

「矜持は、ある。だが力が無い」

リーダーが悔しそうに拳を握りしめる。

「俺たち奴隷だもんなぁ……」

「女子供も人質に取られちまった。今頃どうしてるか」

「逆らわなきゃ家族の命は守られるって話だが……あいつのところに行った連中は帰ってこねえ

よ。あいつは惜しみなく果実を与えてくれるが、そうなったらあいつの奴隷さ」

「腹ぁ減った」

ゴブリンたちが口々に絶望の言葉を吐き捨てる。

それは聞き捨てならない言葉だ。

「……奴隷とはどういうことじゃい！」

我の怒りの前に、ゴブリンが後ずさった。

「な、なんだお前……熱いぞ……？」

「リーダー、なんかやべえよこいつ」

「魔物が魔物を隷属させるのは禁じたじゃろうが！」

リーダーが、困惑しつつも納得したように頷く。

「暗黒領域じゃ奴隷は禁止されてるってルールか……？　そんなの誰も守っちゃいねえさ。破ったところで罰する神様がいねえんだからな」

「ぐぬぬ……それはそうじゃが……」

「どうやってるかは知らんが、結界を飛び越して人里から子供を攫《さら》うやつだっているし、逆に人間が正門以外から忍び込んで魔物を攫うこともあるって話だぜ」

暗黒領域で尊重されたのは勝者を讃えると同時に、敗者も讃え、いたぶらないことだ。

魔物の多くは闘争本能を持て余しており、苛烈《かれつ》な戦いは度々あった。惨劇を生み出さないために敗者もまた尊重されるべきとしたのが、獣の時代に守られた美徳だ。

だがそれは今、破られている。

「お前を献上するってことで奴に近付いて、せめて一矢報《いっし》いようと思ったが……それも卑怯くせえしな。もういいや。どっかいけよ。そんなに元気なら別の領地でも生きていけるだろう」

ゴブリンのリーダーが優しげに別れを告げる。

だがこのまま大人しく帰るつもりなど我にはない。

我がいないためにこの地は歪んだのかと思えば、帰れるわけがない。

「おぬしらの主は誰じゃ」

「誰って……決まってるじゃねえか。死体啜りの森の国主、妖樹ラズリーだよ」

「ラズリー……？　どこかで聞いたような……まあええわい。近衛や側近はおるのか？」

「美男美女を侍《はべ》らしちゃいるが、戦争じゃ自分だけしか信用しないタイプだ。……あいつの人格はともかく戦いとなれば強いし、一人でどうにかなるしな」

「よし。こちらはおぬしらで全員か？　ひい、ふう、みいの……十人くらいじゃな。国というには流石に小さい所帯じゃが、よかろう。見物は多い方が良い。声を掛けて集めてくるが良い。ああ、戦えんでも構わん。見届けるだけで十分じゃからな」

「お、おい、お前、一体何をするつもりだ」

そんなことは決まっている。

我は大いなる邪竜ソルフレア。

自然に帰依する者を照らし、敵を焼き尽くす太陽の化身である。

再び人間たちに挑み勝利すると誓い顕現したが、その前には我が領土を再び平定せねばなるまい。

……と言いたいところじゃが、まだ何も為してない自分が言ったところで格好は付かぬ。

今の我にできることは、法に則《のっと》った遊びくらいのものだ。

「そうじゃな……国盗りじゃよ」

◆

妖樹ラズリーは貪欲《どんよく》にして、大望を持たない女だ。

千年以上もの昔に戦争の後に残った血肉や牙、死人の魔力を養分にして育った修羅の花である。

彼女は目を出してしばらく意識の曖昧な植物としての生を過ごしてきたが、獣の時代の喧騒によって明確な自我を手に入れた。

当時のラズリーは、闘争溢れる地を眺めて思った。

ああ、死にたくないと。

ひたすらに死への恐怖だけで己の身を成長させ、力を増し、ついには植物系の魔物の頂点へと立った。

一時はソルフレアに侍る近衛の候補になるほどまで己の力を高め、人間たちの軍勢も何度も打破した。だが今やソルフレアはお隠れになり、ラズリーが貪欲に戦う日々は唐突に終わりを告げた。

魔物たちの領土は狭まり、今や暗黒領域の中だけで暮らす矮小な種族となった。一定規模を持つ勢力に対しては、「国盗り」が終わらないよう戦争禁止を命じられた。

その魔物たちの凋落《ちょうらく》にラズリーは安堵《あんど》した。これで命を長らえることができると。

「そこ、手を止めないで。アリ一匹たりとも見逃してはだめよ。あたしの庭園に入っていいのは、あたしに愛されてる仔《こ》たちだけなんだから」

「は、はい！」

ラズリーは他の魔物のように絶望することはなく、それまで以上に好き勝手に生きている。暗黒領域の中に生まれた十三の大国の内の一つを治め、美しいものを愛でる生活に耽溺《たんでき》した。他の国主のように暗黒領域の維持であるとか、人間の国に反旗を翻すための研鑽《けんさん》であるとか、そうした大望は何もなかった。

ただひたすら死にたくないと思い続け、ただそれだけで国主として君臨し続けている。

反乱が恐ろしいために催眠効果のある花粉を振りまき、食事……つまりは自分の果実を与える代わりに、女子供を差し出させた。そうして自分の命が保証されてる間は、それをより強固に守ることと、美しいものを愛でることがラズリーの楽しみであった。人質はラズリーの願望をどちらも満たす最良の方法だ。ラズリーはそんな小物だ。

だがそんな自分を一点の曇りもなく愛しているラズリーは、強い。自分の命を守るという、誰にでも備わっている本能だけで誰よりも強く美しくなれる卑怯な女だ。

「あなた、いい働きぶりね……。ご褒美を上げるからいらっしゃい」

「ああ、ラズリー様……」

ラズリーは、奴隷の子供らに自分の庭園――と言っても、池に自分の半身たる草花を生い茂らせた、ラズリー自身の肉体の一部だが――の手入れをさせては褒美を与える。

褒美とはラズリーが生み出す、桃のような甘い果実だ。

その美味を求めて外からやってくる人間さえ現れた。ついには人間たちも我も我もと求め始めて、気付けば唸《うな》るほどの大金となった。

ラズリーに美徳があるとしたら、自分の葉や果実を分け与えることには惜しみないことだろう。褒美に果実を与えることは、自分の身を守ることの次に大事な美徳であり正義であると思っている。

だがラズリーの果実には毒がある。それを口にすれば少しずつ、少しずつ、ラズリーを愛するようになる。

そして果実を発酵させて酒精を抽出すれば、強い依存性を持つ酒となり、人々はそれを求めて争い合う。

ラズリーは人を堕落させる酒造りまでして商売をする人間の貪欲さに驚いてはいたが、積極的に止めようとは思わなかった。

美味《おい》しい物を飲み食いして死ねるならそれも一つの幸せだろうと。

そもそもラズリーは妖樹である。自分という自我は嫌いではないが、自我を保つことに面倒くささも感じている。であればこそ、酒に酔い痴《し》れ、我を失い、世の苦しさを紛らわすことの悪徳を理解できない。

生きること、美しいこと、美味しいこと、面倒なことを考えずに済むこと、シンプルな生き方を千年以上も貫いてきており、今日もラズリーは美を愛でていた。

「おるかー！」

恍惚《こうこつ》の気分を打ち破る蛮声に、ラズリーは顔をしかめた。

「何事かしら、騒々しいわね」

「は、はぁ……ゴブリン族が人間の娘を献上しに来たようなのですが……どうも様子がおかしく」

「ゴブリン族？」

ラズリーはゴブリン族が好きではない。

人質の娘を抱いてやって生活を保障しても嬉しい顔一つしない。

褒美にラズリーの果実を与えても、完全な服従を嫌がって食べようともしない。

どんなに飢えていてもだ。

心の奥底にどこか反骨心を抱き続けているゴブリンに、ラズリーは苛立《いらだ》ちを感じていた。

「……心を入れ替えたのかしら。それとも」

ついに飢えに耐えかねて心からの恭順を示すのかもしれない。

そうであれば面白い。

興味本位でラズリーは声の響く方へと向かった。

「ソル、おまえっ……よ、よせっ！」

「なんてパワーだ……十人がかりでも止められん……！」

それは異様な光景であった。

ゴブリンが必死に押し止《とど》めているにもかかわらず、人間の童女が、凄まじい力で歩みを進めている。

ゴブリンが巌のように娘の前に立ちはだかっている。渾身の力を込めて古代の力人《ちからびと》のように裸足で大地を踏みしめ、重心を低くして娘を押し返そうとする。

別のゴブリンが娘の腰に抱きつき、両足で踏ん張って後ろから食い止めようとする。

他のゴブリンは、押し返そうとしたり食い止めようとしたりしているゴブリンを助けている。

十人以上の力が掛かった人間の娘など、骨が粉砕されて絶命していてもおかしくはない。だというのに、娘は一歩一歩ゆっくりと、だが想像を絶する凄まじい力で、ラズリーのいる場所を探し求め、歩いている。

熱い。

そして、寒い。

ラズリーは童女から、煮えたぎるような怒りが熱となって放射されているのを感じた。自我が曖昧としていた頃に感じた、懐かしい竜夏の匂い。どんな強者であろうが圧倒的な存在の前に生と死が平等に訪れる、背筋が凍るような恐怖を感じる灼熱《しゃくねつ》。

「……馬鹿な。そんなはずないわ」

もう一度ラズリーは、現れた娘を見る。

少々魔力が強いだけの竜人の童女だろう。

「こいつ、ラズリーと戦うつもりだ！」

ゴブリンのうちの一匹が悲鳴のような声を上げた。

慌てた奴隷たちが娘を押しとどめようと集まるのを見て、ラズリーはようやく心が落ち着いた。

何も恐れることはないと。

「……ゴブリンたち。その無礼な童女は何よ。私の庭園を荒らすつもりなら容赦はしないけど？」

「くっ……」

ゴブリンたちの若き長が、冷や汗を流す。

この程度の恫喝で恐れるような弱者ならば、犬のように腹を見せればよいものをとラズリーは嘲《ちょう》笑《しょう》する。

「その童女を献上に来たのなら、褒美を上げるわ。野蛮だけど、珠《たま》のように美しい子だし……愛でる甲斐があるというものよ。竜人も私の後宮にはいなかったし面白いわ」

「……ふむ。長よ。おぬしはどうする？」

童女はぴたりと足を止めて、ゴブリンの長を見た。

「なっ……俺たちが止めるのを無視してお前が来たんだろうが！」

「そうじゃ。ここに来たのは我の意思。そこからどうするかと聞いておる」

「こんなところで内輪もめ？　ま、好きにするといいわ。ふふふ……」

ゴブリンの長が苦悩する。

苦悩の果てに膝を屈する者を見られるのはラズリーにとっての愉悦であった。

「……ラズリー。この娘はお前の献上品ではない」

その裏切りの言葉にラズリーは怒気を放った。

側に侍る子供が怯え、酒を入れた瓶が地面に落ちて割れる。

「……それはどういうつもり？　あなた、私に逆らって生きていけるつもりなの？」

「家族は返してもらおう。俺たちは、お前に隷属するのはもう嫌だ」

あーあ、やれやれとラズリーは肩をすくめた。

弱者が一丁前に自我を持っているのは好きではない。

自我を貫く強さを持たない弱者に、意識を薄める薬を悦楽と共に与えてやっている。

感謝は当然であり、そこに怒りを覚える者などラズリーにとって理解の外であった。

「本当にお馬鹿さんみたいね」

「……そうだ。惨めに生きていくくらいなら、槍の一突きでも食らわせて死ぬ愚か者だ。みんな、すまん」

「気にするな。もう俺たちだって我慢の限界だった」

「このままあいつの毒を食らったところで死ぬだけだ。だったら今死なないでどうする」

「何を言っても無駄みたいね……もういいわ。果実酒を飲ませて一生眠らせてあげようかしら。それとも首を絞められるのがお好き？　案外気持ち良いらしいわよ」

ラズリーの殺意のこもった嘲笑に、童女が反応した。

「やかましいわ！　人質を取って脅しつけるなど獣の時代の系譜にあるまじき行いであろう！　恥を知らぬ愚か者は貴様《きさま》じゃ！　他の奴隷どももじゃ！　ずっと死ぬまで屈したままでいいのか！」

娘の凄まじく大きな怒声に、場が静まり返った。

その小柄な体からは思いもよらぬほどの威圧感に、場が支配されつつある。

だがラズリーは、きょとんとした顔をしていた。

「わっかんないのよねぇ……。魔物だろうと人間だろうと、何かに隷属しているのよ。万が一、人質を連れて逃げおおせたとしても、飢えて死んだり、より強い魔物に襲われて死んだりする恐怖に隷属されるだけの話じゃないの。私の果実を食べて、幸せになりなさいな」

教師が幼子に諭すような口ぶりのラズリーに、娘――ソルは嘲笑で返した。

「敵をいたぶるのはまだわかる。じゃが貴様は味方を苦しめておる」

「はぁ？　なんのことよ」

「庇護と言いながら養分にしておろう。この沼地から張り巡らせた根は、この森でお前に恭順している者から魔力を奪うためだな？　森の片隅で倒れているコボルトを見たが、酔っ払っているように見えて、魔力が欠乏して枯死寸前であったぞ」

「あら……気付かれちゃった。でもいいじゃない？　私はみんなに美味しいものを与えて幸せにしてあげる。そしてみんなは私に魔力を与える。私は強くなって森を守ることができる。良いこと尽《ず》くめじゃない」

挑発するような言葉に、ソルは動じることなく続けた。

「奪っているのは魔力や肉体だけではない。その果実でここに暮らす者の心と牙を奪っている。いや、果実だけではないな。花粉がひどく匂う。これも催眠か何かの技の一つじゃな」

「……なぜそれを」

ラズリーは懐かしさを感じた。

すべてを見通す目は、まるでこの地に顕現した竜のようだ。

太古の昔、小さな者の姿を見て、声を聴くため、竜は鋭敏な姿になって顕現した。

「我の目を誤魔化せると思うなよ」

その瞳が一瞬、黄金色に光った。

忘れることはできない恐怖がラズリーの背筋を走り、だがそれを怒りで覆い隠す。

竜の日が開き、炎の精霊が喜び踊り狂った死の夏。

そんなことはあってはならないと。

「……許さないわよ」

ラズリーの美麗な顔が怒りに染まり、地中に広く這《は》わせた根を自分の真下に集中させる。大地が鳴動し、誰もが立っていられなくなった。ソル以外は。

「この森は私が永遠に繁栄するための大事な庭よ。ここを脅かすと言うなら……!」

ぎりぎりと軋《きし》むような音が響く。

根を束ねてより強靭な根を五本作り出し、手のように固く握りしめた。

根によって作り出された拳は百年を生きた巨木よりも太く、大きく、力強い。

ラズリーは手練手管を厭《いと》わず策を練る。駆け引きも、魔法や奇術の類《たぐい》も好きだ。

だがラズリーがラズリーたらしめるのは、命の危機に対する根源的な恐怖であり、恐怖を振り払おうとする純粋な暴力だ。

「死ねぇ!」

凄まじい質量の拳がソルに襲いかかった。

◆

我は迫りくる拳を見て、ようやく思い出した。

しっかり記憶を取り戻したように見えて、ちょいちょい忘れてることも多いから困る。

いや無自覚なだけでちょいちょいどころではない気がするが、いずれ思い出していくであろう。

「ドリアードの祖。悠久を生きながら悟らず、死を恐れ、未だ刹那《せつな》を生きる者。美しき貌《かお》に宿りし童心の暴力。誰もがお前の稚気《ちき》を侮り、お前に敗れ去ったであろう。妖樹ラズリー」

樹木の拳が我に届いた瞬間、爆発のごとき衝撃が周囲を襲った。

暴風に吹き飛ばされぬようにゴブリンや魔物たちは地面に伏せるか木にしがみついている。

「お、おい……なんだあれ……」

「うそだろ……」

我がラズリーの拳を受け止めたのを見て、誰もが驚愕している。

それも無理からぬことだ。我よりもあやつの拳一つの方が遥かに重く大きいのだから。

「竜身顕現だが……普通じゃねえ」

「竜の血が濃い。濃すぎる。翼や角が生えてるだけじゃねえ」

竜身顕現は空を飛ぶ翼、頑健な爪と鱗、そして強力な竜魔法の触媒となる角を生やす。だが我の肉体にはそれ以上の変化が訪れていた。

「ふーむ……今更気付いたが、前世の力を完全に取り戻したとも違うの……。人の体としての強さと竜の力が混ざったようじゃな。ま、これはこれでよい」

我の体からは、青い光が体の表面から迸《ほとばし》っていた。

それは竜の血と呼ばれる現象であり、竜身顕現を高度に追求した者だけが使えるものだと後でママから教えてもらった。

そして血が与えるものは、純粋な力だ。

「こ……のぉ……！」

苦悶《くもん》の表情でラズリーが呻《うめ》いた。

我は憐憫《れんびん》を抱きつつ、ラズリーの拳を受け止めた。

「だったらぁ……こうよ！」

沼地が鳴動し始めた。

地震、ではない。沼地に沈んでいたラズリーの根が浮かび上がり、十一の巨大な拳となった。そのどれもが軋むような音を立てて握られる。

合計十二の巨大な拳が、我に向かって放たれた。

「うおっと！　流石にこれは受け止められぬな……！」

樹木の拳の間を縫うように避ける。

どれもが必殺の威力を秘めており、一撃を防いだところで二撃、三撃と食らえばただでは済まぬ。だからステップを踏むように避ける。

「なんで当たらない……なんであんたは死なないのよ……！」

「それはな、ラズリー。我がソルフレアだからじゃ」

「そんなわけがないわ！　あの御方は死んだ……この紛《まが》い物め……！」

ラズリーが悲鳴を上げながら十二の拳を引いた。

戦意が喪失したかと思いきや、そうではない。拳以外の根を、我の後ろに静かに張り巡らせていた。細い根や枝が我の手と足を縛り上げる。そしてその上から太い幹が絡みついてきた。

「なにっ⁉」

「潰れなさい！」

縛り上げるという優しいものではない。

石臼のごとく執拗《しつよう》な密度で押し潰し、すべての骨を砕かんとしている。

だがそれも、我の憐憫の心を強めただけだ。

「待て待て。服が破けるであろうが。このすけべ。女を愛でるなら女に優しくせぬか」

「優しくされたいなら命乞いをしなさい！」

「嫌じゃ。まったく、正面から殴り合った方がまだ良かったぞ」

爪を振るい、根を切り落とす。

植物系の魔物の体は強靭ではあるが、末端部位の感覚が鈍く、硬さもまちまちだ。

絶つべき場所を見極めればこの程度は造作もない。

「きれいな……太刀筋だな」

「ああ……ただの小娘の腕なのに……昔見た、剣聖みてえだ」

ゴブリンたちが惚れ惚れした様子で呟《つぶや》いた。

だが、それは我の本質とも違う。

まあ我の動きを肉眼で見えるならば鍛えようがあろう。

本質に気付いたのは、老ゴブリンのみであった。

「あれは……あの瞳はまるで……竜のようです」

魔力の流れや力の流れを読み取って正確な攻撃を放つことができるのは、すべてを見通す我が竜の目にある。

我が瞳によって動きを見透かされたラズリーの肉体は千々に乱れ、幹と枝を無残に落とされていく。

「ちょ、ちょっとやめなさいよ！　あなた、女の体に乱暴して恥ずかしくないわけ!?　このすけべ！」

「何言ってるかちょっとわからぬ。自分を棚に上げるでないわ」

「やめなさいって言ってるのよ！　このっ！　私は！　私自身と！　私に従うみんなを幸せにして守ってやってるんじゃないの！　ちょっとくらい魔力や生命力をもらったからって何だって言うの！」

「意思をくじき力を奪い、それを庇護と呼ぶ。それはダメじゃよ」

「全然わかんないわ！　それに私に勝ったところでどうせ誰かに負けるのよ！　そういう負け犬を愛してあげられるのは暗黒領域でも外の世界でも私だけ！　誰も私なしで生きられやしないわ！」

「敗者が次も負けるとは限らん。おぬしは我に勝とうと思っているであろう。万が一はありえる。同じようにゴブリンもおぬしに勝ちうる。そうじゃろう」

と言って、我はゴブリンを見た。

ゴブリンは驚き、だが威勢よく拳を突き上げる。

「……そうだ！　俺たちは逃げずに戦う！」

「まあ……出番とか全部かっさらわれちまったが……」

「それでもだ！　そのために俺たちはここに来たんだ！　死ぬことになっても、お前に屈したままではいれないんだ！」

ゴブリンたちが叫んだ。

それは、誰がどう見てもやせ我慢だ。

ラズリーに魔力を搾り取られて弱り切っており、元気なのは声だけにすぎない。

たとえ万全なコンディションだったとしてもゴブリンに勝ち目はない。

だが最後の一瞬まで誇り高くあろうとする者を愛しておる。

「よくぞ言った！　あっぱれじゃ！」

「だから俺たちが戦う！　お前は……」

リーダーが槍を持って進み出てきた。だがそれはいかん。

我はゴブリンたちを手で制した。

「よい。喧嘩を売ったのは我。そしてラズリーが買った。今はまだ貴様らの喧嘩ではない」

「だが！」

「だから我とラズリー、勝ち残った方が改めてゴブリンのリーダーと戦う。最後まで立っていられた方がこの領土を取ればよい。そうじゃろう？」

「………………えっ？」

思いもよらなかった言葉に、ゴブリンのリーダーが、絶句した。

他のゴブリンたちも動揺している。

「おっと、いつまでも役職で呼び続けるのも失礼じゃの。おぬし名前は？」

「お、おう。ジェイクだ」

「我はソル。おぬしの敵の名じゃ。覚えておけ」

「ソル……」

「かかってこい。我に負けたならば我の軍門に下れ。勝ちもせず負けもしないならば去るがよい」

「お前こそ逃げるなよ！」

「もちろんじゃ。今、こやつを片付けておくでな。少々待っているがよい」

「馬鹿にしないでよ……！　あなたは私に名乗るのが先でしょうが！」

ラズリーの怒号が響き渡った。

今度はラズリーの根や幹ではなく、葉と枝が剣林弾雨となって襲いかかる。

「おぬしのたおやかな枝で我を倒せると思うなよ」

「なら味わってみなさい。私の枝は名剣魔剣などよりも鋭いわよ……！」

あらゆる角度から襲いかかるそれは、身のこなしで避けられるものではない。

であれば、防ぐしかない。

「竜の鱗よ。盾となり我が身を守れ」

我は手を伸ばして魔力を込める。

するとそこに、半透明の六角形の盾のようなものが複数浮かび上がった。

これは我、ソルフレアの鱗だ。

竜人族の我としてのものではなく、失われた本体の鱗を魔力で再現して盾として使っている。一時的にしか顕現させることはできないが、これを貫けるものはない。多分。

「お返しじゃ！」

「ぐっ……！」

翼をはためかせて、盾で防いだ葉をすべてラズリーに送り返した。

枝が切り刻まれ、ラズリーがたまらず悲鳴を上げた。

「名剣と言ったな。刃《やいば》とはこう扱うものじゃぞ……上手く避けてみよ」

指を揃《そろ》えて伸ばす。

力を抜いて、体をひねる。

脇を締めて右肘を後ろに引き、指先を貫手《ぬきて》の形にして槍に見立てて、たった一瞬に全力を込めて抜き放つ。鋭く、迅《はや》く、まっすぐに。我が生まれ変わる前にほんの少しだけ見た、ママの槍捌《さば》きのように。

「食らえッ！」

激しい勢いの刺突が飛んでいき、太い木々を貫通しながらラズリーに襲いかかる。

その顔が恐怖に染まり、あわや首が絶たれるかと思った瞬間にラズリーは這いつくばって避けた。

一瞬遅れて地震のごとき鳴動が鳴り響いた。

穿たれた木が地面に落下して跳ね、隣の木にぶつかり合い、凄まじい衝撃を響かせ続けている。

「ば……ばかな……」

「ラズリー。良い格好だな。心を入れ替え、我に平伏するか？」

「……くそっ、なんなのよぉ……！」

根や幹が暴れ回って土煙を上げる。それがほんの一瞬だけ煙幕のようになって視界が閉ざされた。同時に、枝から一瞬で花が咲いて花粉が噴き出して桃色の霧が土煙を上書きする。

「ふふふ……死ぬ前に私のかぐわしい香りに酔いなさい……もったいないけど堪能させてあげるわ！」

「なにっ!?」

そして霧の中から再び、高質化した葉が飛んでくる。

鱗で難なく弾いたが、この状態で狙い撃ちされてはたまらぬな。

だが甘い。

「我を操ろうとしているな。この花粉は魔力を帯びている。つまり催眠魔法じゃ。だが強い魔力の持ち主は催眠などかからぬぞ」

「うるさいわね！　ただの目くらましにしかならなくても、今のあなたを相手にするには十分よ！ついでに……風魔法【カーム・フィールド】！」

ラズリーが風を止める魔法を唱えた。

「花粉が滞留するように小細工を弄《ろう》しおったか。ならば火の魔法で花粉を燃やせばよいだけのことよ……」

人の身になってから攻撃魔法を使ったことはないが、それでも普通の火魔法程度は使えるはずだ。

「【ヘル・ファイア】！　えいっ……！」

ぽすん。

と、間抜けな音が我の掌《てのひら》から出た。

あれ？

呪文とか間違えたかの？

えいっ。えいっ。

と、何度やっても一瞬だけ炎が出るものの、すぐに消えてしまう。

「ここじゃ炎の魔法は使えねえ！　松明《たいまつ》を使って花粉を燃やせ！」

ゴブリンたちが騒ぎ出したかと思うと、桃色の霧の向こうに明かりが灯《とも》った。

そういえば、ここはラズリーが支配する妖樹の森だ。

樹木系の魔物は基本的に火が弱点であり、森全体で火魔法を封じておるのであろう。とはいえ火を使わずにはゴブリンたちの生活はままならぬ。魔法を使わぬ火の用意は欠かしておらぬ、ということか。

しかしそれはラズリーも承知であろう。

「気を付けよ！　松明が目印になるぞ！」

「だからどうした！　お前ばかりに戦わせていられるか！　俺はここにいるぞラズリー！　俺を狙ってみろ！」

ジェイクが折れた木を松明にして高々と掲げた。

うむ、パパほどではないがよい男ぶりだ。

見直したぞ。

だがこの状況ならば霧に紛れてゴブリンを殺しにかかってくるだろう。守ってやらねば……と思ったが、一向に攻撃が来ぬ。

「ラズリー！　どうしたのじゃ！」

おかしい。

妙に静かじゃ。

……もしかして。

「ラズリー！　貴様っ、逃げおったなぁー！！！！！？？？？？」

「ばーかばーか！　あなたみたいなのと正面からやり合うわけがないでしょう！」

遠くから罵声《ばせい》が響いた。

すでにかなりの距離を取っている。

あれだけ啖呵《たんか》を切っておいて何という奴じゃ。

いや、そのみっともなさを瞬時に選べるからこそ強いのではあるが。

「ええい……太陽魔法【シャイン・フレア】！」

炎以外の属性の魔法で花粉を焼くしかあるまい。

炎ではなく熱そのものを直接放つ太陽魔法であれば封じられておらぬはずじゃ。

おりゃっ！

「視界が晴れてきたぞ……てか熱っ！」

我の体から太陽の熱を放つ。

太陽属性であれば効果は出るようじゃな。だが範囲が広すぎてゴブリンにもちょっとダメージがいってしまったようだ。

「おっと、すまん。少し範囲を絞るか」

自分の周囲の花粉だけを焼くように熱量を絞り、すると思い通りに花粉だけが燃えていく。

ようやく視界が晴れた先には、玉座のように鎮座していた巨大な木の幹や、沼地に張り巡らされた花がきれいさっぱりなくなっている。

ラズリーが逃げた証拠だ。

「まったく……まあ逃げ足の速さは美徳ではあるが」

周囲の魔物たちは、それを呆然《ぼうぜん》として見ていた。

何が起きたか把握できてない者さえいる。

「あれ、ここは……？」

「しっかりしろ、ラズリーの庭園だ。お前はここでずっと働かされてたんだよ」

恐らくはラズリーの花粉による催眠によって、意識が曖昧であったのだろう。

ラズリー本体が離れたことで、催眠が急激に弱まりつつある。

状況を理解し始めた魔物たちが、我を畏敬のまなざしで見つめていた。

ふふん、いいぞ。もっとそういう目で見るがよい。

「まさかラズリーを倒しちまうだなんてな……。ソル、お前、何者なんだ」

「倒してはおらぬ。逃がしてしまったからの。あやつのことじゃ。いずれ報復しに来る。あやつしつこいからの」

「そうか……それもそうだな」

ジェイクが厳しい表情で頷いた。

「あ、あのぅ……まずいかもしれません」

そこに、可愛らしい顔をしたゴブリンの女が心配そうに会話に交ざった。

「キリカ！　無事だったか……！」

ジェイクが嬉しそうな顔をして、ゴブリンの女を抱擁する。

見たところ夫婦のようだ。

パパとママもだが、仲睦《むつ》まじい夫婦とはよいものである。

「あ、あなた……会えたのは嬉しいけど、それどころじゃないのよ！」

だがキリカと呼ばれたゴブリンの女は、必死の形相で訴えた。

「なんぞ心配事でもあるのか？」

「ええ……ラズリーは太陽の化身、ソルフレアを蘇らせて己の奴隷にさせようとしてたの！」

「な、なんだってぇ!?」

周囲にいたゴブリンたちが驚愕する。

心の底から恐怖する者もいれば、半信半疑の者もいる。

「いや……無理じゃろ」

当然、我は信じていなかった。

ないない、それはないと手を横に振る。

「本当よ！　皆から奪った魔力を生贄《いけにえ》にして、大きな魂の込められた宝玉に祈りを捧げていたの！　あれはきっと、ソルフレアに違いないわ！」

「……えっ？」

◆

太陽が陰り、うっすらと月が輝き始める。

森の奥にぽっかりと空が見える空間には夕暮れの光と薄い月光が同時に降り注ぐ。

そこに、一粒の宝玉があった。

宝玉には魂が宿る。

内包される魂が大きければ大きいほど宝玉は大きい。だからこの卵大の石には、大いなる何かが眠っている。ともすれば太陽の邪竜ソルフレアがいるのではともラズリーは期待していた。

大いなる魂といえども、この世に生を受けるときはまっさらな状態となり、人や獣のように親を慕うことがある。ラズリーは己の安寧をより盤石《ばんじゃく》にするため、宝玉に魔力を与えて密《ひそ》かに育ててきた。

宝玉は空から降る光を浴び続けて力をため込み、更にラズリーが奴隷から収奪した魔力と自分の生み出した花粉を与えられ、いまや孵化寸前だ。鳴動が聞こえるほどである。

「……あの小娘がソルフレア様なの……？　いや、そんなまさか……」

追い詰められた恐怖にかられ、ラズリーは宝玉をすがるように抱きしめた。

死にたくない。

千年経って得られた悦楽が奪われるのは嫌だ。

なんとかしてくれと祈りながらラズリーは魔力を込める。

「ラズリー！　往生際が悪いぞ！」

「ひっ!?」

ラズリーは遠くから響く声に恐れおののき、必死の形相で魔力を集め始めた。

「この期に及んでは悪しき者だろうが善なる者だろうがなんでもいいわ！　私の魔力を捧げよう……さあ、この世に生まれ落ちて！」

薄く柔らかな月光が、宝玉に向けて燦々と輝き始めた。

『俺を呼び出した者は誰だ……何を願う……？』

「やったぁ！　ソルフレアではなさそうだけど、この気配は大自然の化身ね……！」

この強大な魔力は、決して見かけ倒しの存在ではない。窮地を脱するに足る力があると確信したラズリーの声は隠しきれない喜びが滲《にじ》んでいた。

どうか私を助けてほしい、という願いを告げようとして、ラズリーは一瞬だけ逡巡《しゅんじゅん》した。大自然の化身に振り回されないよう、永続的に行動を縛る願いにしなければならない。どういう言葉で願いを伝えればいいかラズリーは数秒ほど考え、それが命運を分けた。

「ラズリー！　ここは割り込ませてもらうぞ！　御前に供物を捧げる！　我の願いを叶えたまえ！」

「なっ……!?」

『願いとはなんだ』

「うちの羊の面倒を見る牧羊犬がほしいのじゃ！」

◆

「月が震えておる……これは……」

ソルがなにかに気づいたときには、すでに遅かった。

宝玉から何かが生まれ落ちようとしている。

我が人として生まれ落ちたときと同じだ。

恐らく我と同じように、願いや祈りを利用して生まれてくる。逆に言えば、願いや祈りに逆らうことは難しい。ラズリーが自分の忠実な下僕を望めば、そうなってしまうだろう。

「くっ……まずいの……！　我のような存在があやつの願いを叶えるのはマズいぞ……！」

あのように恐れおののくラズリーが超自然存在を呼び出せば、この周囲一帯がどうなるかわからぬ。

それに、我の友かもしれない超自然存在が、ラズリーの下僕になるのは忍びない。

『俺を呼び出した者は誰だ……何を願う……？』

「やったぁ！　ソルフレアではなさそうだけど、この気配は大自然の化身ね……！」

まずい、このままでは遅きに失する。

魔法で妨害するか、いや、間に合わぬ。

何か……鞄《かばん》にあるのは……おやつに持ってきたりんごだ。

雨や曇りが多かった割に、赤々として瑞々しい、立派なりんごである。

ていうか、なんじゃこれ？　こんな神聖な魔力に満ちたりんごなんてあったっけ？

いや……犯人は我であろう。恐らく記憶を取り戻す前の我がうっかり太陽の属性の魔力を放って、農園のりんごの木全体に魔力が宿ってしまった。

だがこれは、供物としては完璧である。

我は振りかぶって、宝玉にめがけてりんごを思い切り投げつけた。

「ラズリー！　ここは割り込ませてもらうぞ！　御前に供物を捧げる！　我の願いを叶えたまえ！」

「なっ……!?」

『願いとはなんだ』

「うちの羊の面倒を見る牧羊犬がほしいのじゃ!」

『承った。牧羊犬に……えっ、牧羊犬? マジで?』

宝玉が月の光を強く光を放ち、りんごを吸収した。

今ここに、超自然の存在が地上に顕現する。

昼間であるはずなのに周囲が暗闇に満ちて三日月が煌々《こうこう》と輝く。その輝きは宝玉を照らしたかと思うと、宝玉自身が月そのもののように金色の光を放ち始めた。

「くっ……この光は……月……? ということはまさか……!」

我もラズリーと同じことを思っていた。

この輝きには見覚えがある。

だが金色の光を放つ宝玉は我らの困惑などお構いなしに具体的な形を取り、その姿を見せた。

「わん」

ふかふかとした質感と暖かみを備えながらも艶やかで美しい、真っ白い体毛。

シャキッとしながらも柔和さや人懐っこさが隠し切れない顔つき。

我と同程度の背丈がありつつ、威圧感を感じさせない大らかな気配。

そんな姿でおりこうな雰囲気でお座りしているところがもう最高である。

「かっ……可愛いのじゃ……！」

まさに我の思い描いた牧羊犬である。

確か「サモエド」とかいう犬種と思ったが、種や血筋などどうでもよい。

今ここにカワイイの極致がある。

「お手！」

「わん」

「おかわり！」

「わん」

「偉いぞ！　おーよしよしよし！　おぬし、名は何という？」

犬をわしゃわしゃと撫でる。

「……わん」

「む？　じゃから何という？」

「わん！　わん！」

「……もしかして、喋れぬのか？」

「わん！　わんわん！　わぉん！」

大いなる自然の化身ともなれば言葉を放ったり、念で思いを伝えることもできるはずなのだが
……いや、待てよ。我と同様に転生したならば転生先の肉体に縛られておるのか。

であれば我の方から歩み寄らねばならぬ。

というわけで、額をごっつんこしてこやつの真意を読み取る。

「犬だから当たり前じゃねえか、お前の願い通りなんだからそこに文句付けんじゃねえよ……という感じか？」

む、こやつちょっと口が悪いぞ。

だが額を離して様子を見ると、首を縦にぶんぶんと振っておる。

ほぼ正解のようだ。

とはいえ我を主人として見ていることには違いないし、コミュニケーションが取れたことも喜ばしい。

良かった良かった。

「よくも私の宝物を横取りしたわね……！」

「おぬしが魔力を注いで育てたのであろうが、所有物ではあるまい。こやつはこやつのものじゃ。なにより暗黒領域の法を破っているのは貴様じゃ」

「減らず口を……！」

「さあ！　我が領土を荒らす者を撃退せよ！」

「わぉーーーーーーん！」

額が三日月の形にハゲているサモエド犬は、可愛さだけではない。

我に匹敵するほどの凄まじい力を秘めている。

さぞ勇名を馳《は》せた存在であろう……が、今ここより我の牧羊犬である。

「げふっ!?」

気付けば、サモエド犬は凄まじい勢いで突進してラズリーを突き飛ばしていた。

まるで疾風を超えた光のごとき速い動きは、我の目をもってしても捉《とら》えるのに苦労するほどであった。

樹木に激突したラズリーは悶絶してのたうち回る。不意打ちだからこそだが、フィジカルに優れたラズリーを倒してのけるのだから只者《ただもの》ではない。

「おお、すごいぞ！」

そしてサモエド犬はラズリーの首根っこを咥え、振り子のようにして遠くに投げ飛ばした。

ひゅるるるると間抜けな風切り音を立てながら遠くに飛んでいく。

「覚えてなさいよおおおあああぁぁ……」

「わん」

夜の闇へとラズリーが飛んでいく。

反省しろ、とでも言いたげな顔でサモエド犬は吠えた。

「……おぬし、止《とど》めを刺したくなかったのか？」

「わん」

そうだが悪いか？　とでも言いたげな顔だ。

魔力を与えられて復活の機会が生まれた以上、恩義はあるのだろう。

「いや、構わぬ。ご苦労であったの」

犬ながら筋を通すやつではないか。

我、こういうやつは嫌いではない。犬を飼うならもうちょっと純朴であった方が好みではあるが、牧羊犬として働いてもらうからには賢く、そして仁義を通す者でなければな。

「ところで、その額の三日月の紋章……紋章っていうか三日月ハゲから察するに、おぬし、月の化身のミカヅキじゃな」

我の言葉にサモエド犬は驚愕した。

どうやら図星のようじゃ。

サモエド犬に意志を伝え、そして真意を聴くために再び額をくっつけた。

「なんで俺のことを知ってるんだ！　じゃと？　知っておるともさ。我こそおぬしの好敵手、ソルフレアなのじゃからな」

我が太陽の化身とするなら、ミカヅキは月の化身である。

月の影響力は太陽ほどではないために地上における力は我ほどではなかったが、それでもそこらの人間や魔物よりも遥かに強いはずであった。

「わん！　わんわん！　わぉん！」

「我も人間の願いに呼応して蘇ったからのう。今は暗黒領域の向こうの村で、それはそれは大事にされながら暮らしておる」

我は、自分が生まれ直した経緯をミカヅキに話した。

人間に敗れた後、ミカヅキと同じように魂を宝玉の形にして身を守って、魔力をため込みながら復活を目論《もくろ》んでいたこと。

人間の願いを借りて転生し、今は人里で平和に暮らしていることなど。

それを聞いたミカヅキは複雑な表情をしながら頷いた。

「わぉん……」

「自分が死んで暗黒領域が乱れているのを気に病んでおるのか？　であれば、まず初めに人に負けた我の責任じゃ。それに恐らく、おぬしも我と同じく弱点を人に見破られたのであろう」

我の弱点が日食であるならば、ミカヅキの弱点は月食であろう。

それを思えば我こそ責められるべきであった。

「この世界の暦を星に委ねたのは我。規則正しい暦を利用したのは魔物ではなく人間であり、星の動きを予報できるようになった。人々の賢さを侮っておった。我が傲慢《ごうまん》であったのよ」

「わん！」

「ふざけんな、俺の負けは俺のものだ、だと？　……ふむ、そうさのう。おぬしはそういうやつであったのう」

「ま、お互い姿は変わったが、心機一転、頑張ろうではないか！　がはは！」

「わん！　わんわん！　がるぅ！」

我、いいことを言ったつもりなのだがミカヅキは突然激昂した。

「え、牧羊犬になった方に怒っておるのか？　そ、それは仕方ないじゃろうが！　ラズリーに使役されてはマズかったであろう！」

「わおん！」

「だとしてもこんなちんちくりんの姿は納得してないし、お前のようなちんちくりんに飼われるつもりはない……じゃとぉ!?　喧嘩売っとるのかキサマ！」

「がるるるるるぅ……！」

「ほほう、ママのおっぱいでも吸ってろじゃと？　言うではないか……可愛がってやる、いぬっころ」

こうして本日の第二ラウンドが始まった。

死体啜りの森の住民たちはその衝撃を感じ取り、自分らの命運を決めるであろう戦いを、固唾《かたず》をのんで遠くから見守っていた。

きっとラズリーが蘇らせた超存在と、命を賭した決闘をしているのであろうと。

間違ってはいないのだが、振り返ってみれば宴《うたげ》で起きた口論のごときしょっぱい喧嘩であった。

◆

太陽が完全に沈み、夜となった。

「ソルは見つかったか!?」

「こっちにもいない……もしかして暗黒領域の方に行ったんじゃ……」

「行ったとしても中には入れないだろ」

「もしかして川に落ちて流されたんじゃ……」

「空を飛べるし、魔法も使えるから滅多なことにはならんとは思うが……」

闇夜の中で煌々と灯る松明が、大人たちの焦った顔を照らしている。

もっとも焦った顔をしているのは、ゴルド＝アップルファームであった。

妻のヨナは焦りを通り越して失神しそうなほど青い顔をしている。

「ね、ねえ、あなた！　やっぱり私、空を飛んで探してみるわ！」

「待て待てヨナ。もう暗いんだ、二重遭難しちまうぞ。野良のガルーダやドラゴンと鉢合わせしちまうかもしれない」

「ソルちゃんが危ないならそんなのどうってことないわ！」

「それはそうだが！　このあたりの夜間飛行は暗黒領域の結界にぶつかっちまう！　ひとまず落ち着こう！　ヤリもまず仕舞おう！」

「でも……ソルちゃん、多分私より飛ぶのが上手そうなのよ。思いも寄らないほど遠くにいってるかも……！」

「確かにな……あの年齢であんなに完璧な変身ができるなんて……」

「ウチの子が天才すぎたから……」

「親バカども。落ち着け」

ご近所の誰かがツッコミを入れている。

「す、すまん。捜索を続けよう」

「ご、ごめんなさい、あたしがちゃんと見てたら……」

エイミーが泣きべそをかいてゴルドたちに謝っていた。

だが、ゴルドもヨナも、優しくエイミーの頭をなでる。

「いや、謝らなきゃいけないのは俺たちだ……すまなかった。あいつがいきなり【竜身顕現】できるようになったから油断してた」

「歩き続けて疲れたでしょ。もう休んでも大丈夫よ」

「でも……」

「なあに、ひょっこり出てくるさ。あいつは小さいが、そのへんの獣や魔物には負けないからな」

「でも抜けてるところはあるから、油断して魔物に騙《だま》されるくらいはあるかも……」

「それは……ありえる」

ゴルドとヨナが、危機感を募らせながら再び捜索を始めた。

◆

そんな光景を草むらから眺めていたソルが、頭を抱えた。

（や、やばいのじゃ……ミカヅキを連れて結界から抜け出られたはよいが、門限をすっかり忘れておった……。ケンカしててすっかり時間を忘れておったわ……）

ケンカの勝敗はドローであった。

我もミカヅキも全盛期の力には程遠く、三日三晩殴り合えるほどの元気はまだない。腹も減ったところでおやつのりんごを食べていたら満足してしまった。

残る問題は、帰ってこない我を心配して大捜索してる村人に何と言えばよいかである。

（わん？）

（どうするか、じゃと？　ううむ……正直にラズリーを倒したと話しても信じはせぬし、仮に信じられたとしても怒られることには変わらぬし……。そ、そうじゃおぬしが我を拉致ったということにするとか……）

（がるっ！）

（う、ウソじゃよ！　そう騒ぐ出ない、バレるであろう……！）

(わんわん!)

「ん? なんかそっちの茂み、音がしなかったか?」

「そうか?」

まずい、村人たちが気付きおった。

どうする……どうする、我……?

(って、我の襟を咥えてどうするつもりじゃミカヅキ!? 逃げるならそっちではないぞ!?)

「あっ、ソルちゃんだ!」

「いたぞー! ソルちゃんが見つかったー!」

「なんか狼がいる……いや、犬か?」

ミカヅキが我の首根っこを咥えておもむろに村人たちの前に姿をさらした。

まずい。

これは、まずい。

「うちの娘を離しなさい! 竜夏槍術奥義ぃ! 灼光《しゃっこう》!」

我が魔物に囚《とら》われてると即座に判断したママが奥義を放ってきた。

雷のごとき光の速さで狙った相手だけを殺す一撃で、人質を取られているときや、獣に最小限のダメージだけを与えて殺したいときに使うヤリの奥義である。

我が幼い頃もちょっとだけ見た。我がうっかり農園に忍び込んできた狼にさらわれそうになったときにそれを放って、無事に救い出したこともあった。

腰だめに構えて真っ直ぐに突きを放つのはなんか格好いいので、先程もつい真似してしまった。

ていうかママはブチ切れるとパパよりも怖い。なんか若い頃は槍の武者修行をして道場破りとか賞金首の付いた魔物ハンターとかしてたらしい。

「わぉん!?」

「待った待ったママ！　違うのじゃ！　こやつに助けられたのじゃ！」

ミカヅキに剣が届く一ミリ手前で、ギリギリ間に合った。

「ソルちゃん、無事なのね……？」

「うん」

「ばかっ！」

「馬鹿野郎！」

ママが叫び、そしてパパもすごい形相で我のところに走ってきた。

びくりと体が固まる。

叱られる。

「心配したんだぞ……黙ってどこにもいくな……！」

「そうよ！　消えちゃったかと思って……うぇえええん……本当に心配したんだからあああぁぁぁ……」

覚悟したそのとき、二人から痛いくらいに抱きしめられた。

「パパ……ママ……」

「怪我してないか？　無事か？」

「お腹減ってない？」

声がひたすらに心地よい。

触れられているところが温かい。

幸福感に満ちているはずなのに、胸の奥が針で刺されるように痛い。

「パパ……ママ……。ごめんなさい……」

じわりじわりと涙が溜まっていき、決壊しそうになるのを感じた。

そうなってしまうのが恐ろしく、パパとママをぎゅっと抱き返した。

「……ソルちゃん。今日は帰ってゆっくり休みましょうね」

「うん」

「みんなにお礼を言って、ご飯を食べて、寝るとしようじゃないか。……ところで、この白い犬……どうしたんだ？　お前を連れてきてくれたようだが」

「狼……じゃないわよね？」

あっ。

忘れてた。

「拾ってきた……っていうか、拾われてきた感じだったわね？」

二人の視線の先には、当たり前のような顔をして座るミカヅキがいた。

おぬし、何見とるんじゃ。

親子の愛くるしい姿を見てるでないわと抗議したいところではあるが。

「ねむい……」

ふあーあ、と大きなあくびをする。

大泣きするのを堪えたはいいが、今度は抗いがたい眠気に襲われておる。

「おいおい、ずいぶん疲れたみたいだな。まったくうちのお姫様はワンパクで困る」

「なんで子供って、魔道具の魔力切れみたいに限界まで動けるのかしら」

「俺たちもそうだったんだよ、きっと。忘れちまっただけで」

◆

その後のことはよく覚えていない。

どうやら我はミカヅキの背中によじのぼって、そのままぐぅぐぅと寝てしまったようである。

ミカヅキは凄まじい困り顔をしながらも我を家まで乗せて、パパとママも「まあいいか」と我をミカヅキに任せ、なし崩し的に受け入れることとなった。

しかも、翌日にはパパが木材と釘を使ってミカヅキのおうちを作ってしまった。

「それでソルは……ミカヅキって名前を付けたんだな？」

庭の木の横に作られたミカヅキの家の前で、パパが我に尋ねた。

「そうなのじゃ」

「なるほど、月の神様の一柱か。格好いいな。それじゃ、ミカヅキ、と……」

木札に名前を彫って、それをミカヅキのおうちに釘を打って固定した。

「ソル。俺は『勝手に犬を拾ってこないように』って言ってたが、撤回する。今回だけは特別に許す」

「本当!?」

勝手にいなくなって村人の手を借りての大捜索をさせてしまったので、おしおきが待っているのではないかと内心ドキドキしていた。

だが、パパは優しい。

まさにあっぱれな男ぶりよ。もし魔物たちの軍勢にいたら幾万の兵を率いる大将軍であったことだろう。

「それがなんでかと言うとだな……」

もちろん我が良い子だからじゃな。

「ミカヅキは賢くて良い子だ。お前にも見習ってほしいんだ」

「うん……うん？」

「お前を背中に乗せて家に帰るとき、ちょっと……いや、かなり迷惑そうな顔をしていたが、落ちたりしないように丁寧に運んでくれたぞ。それに夜明けに突然起きたかと思うと、牧場で羊を襲いにきた狼を追っ払ってくれたんだ」

「ご飯のときもおすわりしてお利口にして待ってるし、無駄吠えはしないし。ねー？」

ママがミカヅキをわしゃわしゃと撫でる。

ミカヅキはまんざらでもなさそうな表情をしている。

ずっ……ずるいぞ……！

「だからソル。ミカヅキを見習って規則正しく生活するんだぞ。十歳の誕生日も近いんだから、もっと大人にならなきゃ」

「そうよソルちゃん。あとミカヅキちゃんを拾ってきたのはあなたなんだから、ご飯の用意とか、ミカヅキちゃんを洗ってブラッシングするとか、ちゃんとやるのよ。もちろんママも手伝いますけど、あなたの仕事ですからね！」

「それと門限はちゃんと守ること。約束だぞ」

「わん！」

まったくその通りとミカヅキがうんうん頷いている。

「わん、ではないわ！　ぐぬぬぅ……嬉しそうな顔をしおってぇ……！」

こうしてアップルファーム家に、頼れる牧羊犬にして我の兄貴分ポジションのミカヅキがやってきたのであった。

我、可愛いペットが欲しかったのじゃが？

第三章

覚醒の儀式

ミカヅキがうちに来て一週間ほど経ち、家族が増えた生活にも少しずつ慣れてきた。

「ソルちゃん、起きなさい！」

我は六歳のときに部屋を与えられたので、もうママとパパとは寝ておらぬ。

一人寝は寂しいものだが、我は不撓不屈《ふとうふくつ》の精神で一人でも熟睡できるようになった。

つまり、めちゃめちゃ眠い。

「んむぅ……まだ早いのじゃあ……」

起こしに来たママに抗議の声を上げるが、ママはこういうとき我の話を聞かぬところがある。

「ミカヅキちゃんの面倒を見る約束でしょ！　はい起きた起きた！　ミカヅキちゃんのご飯を用意して、お着替えして、ご飯食べなさい！」

そうじゃった。

流石《さすが》に犬を飼うというワガママを通してもらったわけで、ここで挫《くじ》けては申し訳が立たぬ。

それに、立派な毛並みの犬と共に歩くという栄光と威厳に満ちあふれた姿を村人たちに見せてやるのが、太陽の化身たる邪竜ソルフレアの務《つと》めであろう。これを続ければ、いずれパパとママも我

EVIL DRAGON
LITTLE GIRL

をソルフレアの生まれ変わりであると、自然に認めるようになるに違いない。

「おはようなのじゃ……ふあーぁ……」

「わん（おせーよ）」

二階の我の部屋からキッチンに降りると、ミカヅキが自分用の皿を咥えて我を待ち構えておった。まあまあ、落ち着いて待つがよい。

「はい、これをお皿に盛ってね」

雑穀を硬く焼きしめた、小さなクッキーみたいなものを皿に盛る。

ついでにママがそこに、茹《ゆ》でた鶏のレバー一切れをちょこんと載せた。

それらを皿に盛って、ついでに深皿に水を入れてミカヅキの前に差し出す。

「おっ、今日は肉付きじゃの。よかったではないか」

我は大人なのでミカヅキの食事がちょっと豪華でも妬《ねた》んだりせず祝福をするのである。

レバーは嫌いであるし。

「朝方、ネズミ退治してくれたからご褒美よ。ありがとねミカヅキちゃん」

「わぉん！（いえいえ、お母上。傷み入ります）」

ミカヅキはガツガツと食べ始めた。

そして次に我の朝食である。

今日は黒パンにチーズ、豆の煮物、キャベツの漬物である。

そして相も変わらず玉ねぎのスープが添えられておった。

「ミカヅキも玉ねぎのスープはないのじゃ。主人として同じようにするべきではなかろうか」

「じゃあソルちゃんもドッグフード食べる？」

「一粒食べたがあんまり美味しくなかったのじゃ」

「それなら玉ねぎのスープも食べなさい」

「はぁーい」

そんなわけで、もそもそと食べ始める。

しかし考えてみれば、我がソルフレアであった頃に比べたら美食も美食である。

超巨大ウミヘビ一頭とか献上されたことがあったが、小骨ばっかりで本当に食べにくかった。人間の食事は全体的に食べやすい。過去のまずい飯を思えば玉ねぎも食べられる。

というか最近、玉ねぎの美味しさがわかったような気がするのじゃ。

「あら、今日はちゃんと食べられたわね。偉い偉い」

「うん！　ごちそうさまでした！」

あとは歯磨きをしてお着替えする。

今日はミカヅキの散歩ついでに、行くところがある。

シャシャシャシャシャッと歯磨きして、ダダダダダッと二階の部屋に行き、すぽぽぽぽんと寝巻から余所行きの服に着替える。

「ソルちゃん、もうちょっと落ち着きなさい。それと外は暑いから帽子もかぶりましょうね」

「うん！」

「今日は集会場でお勉強よね」

「うん。長老の歴史の授業なのじゃ」

この村には都会のような学校はない。

とはいえ幼くして親の手伝いばかりだったり、あるいは遊ばせてばかりではいかんと思った大人たちが、持ち回りで勉強を教えておる。

長老は元々は学識ある魔法使いで、我ら村の子供たちの勉強を見る機会が多い。

「そういえば長老も昔はソルフレア信仰をしてたのよ。昔の魔法を復活させてみせるとか古文書を研究してたもの。もしかしたら、ソルちゃんの興味ある話が聞けるんじゃないかしら」

「ほほう。それは楽しみじゃのう……！」

「あと、行き帰りはちゃんとミカヅキちゃんと一緒にいること」

「わかったのじゃ！」

ママはお洒落《しゃれ》である。

行商人に頼んで我に似合う服を見繕ってくれる。

他にも、都会に服職人の知り合いがいるらしく、ポシェットや帽子なども買ってくれた。

完全装備の状態で我は姿見の前に立った。

頭のてっぺんから爪先までチェックし、その場で一回転する。

「くるっと回って」

「はいタッチ！」

「オッケー！　気を付けていくのよ！」

ママと手を合わせて、ぱぁんと音を鳴らす。

「ミカヅキ、征くぞ！　今日も我の覇道が始まるのじゃ！」

「わぉん（寄り道と拾い食いはすんなよ）」

◆

シャインストーン開拓村はりんごを育てている。

元々ここはただの森と草原であったが、冒険者であったパパたちが魔物退治の功績で土地をもらい、開拓して今の形になった。

だが、麦や稲を育ててばかりではそんなに儲《もう》からぬ。旅から旅の不安定な生活ではないが、それでも余裕ある暮らしがしたい。

そこで、パパたちは一計を案じた。野生のりんごが生い茂っているのを見て、「りんごを作って都市に売ればいい商売になるんじゃないか」と言い出した。そしてりんごの栽培に詳しい人を別の村から呼んで教えてもらって、今の暮らしが整ったようである。

「一応説明しておくぞ。あの二階建ての木造の家が我らの家で、玄関の隣にあるのがおぬしの家となっておるが、雪が降ってきたとか嵐が来たときは遠慮なく家の中で寝るがよいぞ」

「わん（おう）」

玄関から出て二十メートルほど歩いたあたりに郵便ポストがあり、その先は道路だ。

都会の人間どもが作っていた石畳の道路ではなく草を刈って踏みしめただけの簡素なものではあるが。

そして通りの向こう側には、果樹園がある。

丁度今は花が咲いている時期で、パパや村の男衆が摘花《てきか》という作業をしておるところだ。

「お、パパじゃ。おーい、パパ！」

ぶんぶんと手を振って呼びかけると、パパも気付いた。

「お寝坊なお姫様！　これからお勉強か!?」

「うん！　行ってくるのじゃ！」

「気を付けろよ！　ミカヅキ、頼んだぞ！」

「我はミカヅキのお世話をしてる方じゃし！」

「わかったわかった……っと、これ持っていけ！」

パパが懐から何かを投げた。

りんごである。

近くの山……我が眠っておった山には洞窟があり、そこは常に冬の精霊が居着いておってりんごも長く保管できる。夏真っ盛りでない限りはりんごが食べられるのだ。

「頂きます、なのじゃ！」

「わぉん！」

そして我は、果樹園の横の道路をてくてくと歩いていく。

果樹園を越えると田畑があり、あるいは羊の農場があり、まだ開拓しておらぬ森があったりする。人の文化の気配は濃いが、一方で森や山にも囲まれており、過ごしやすい。

「ミカヅキ、あれが集会所じゃぞ」

三十分ほど歩いた先にあったのは、木造の大きな建物であった。

丸太をそのまま積み上げてできたような素朴な作りで、我のような子供はここで勉強や魔法を習ったりしておる。

「わん（お前がお勉強ねぇ……大丈夫かぁ？）」

ミカヅキが無礼なことを言いおった。

◆

集会場に入り、一番近くの大部屋には教室があり、そこには子供たちが十人、犬が二匹ほど集まっておった。一番年上はエイミーお姉ちゃんで、次に我。その他は八歳から五歳までのちびっこどもじゃ。

また黒板のある壁際には、ローブを着て立派な髭《ひげ》をたくわえた老人が椅子《いす》に座っておる。

彼《か》の老人の名は、魔法使いヴィルヘイン。

村で一番の年長……というわけではないのだが、なんか渋く老成した雰囲気のインテリなので長老とあだ名で呼ばれておる。

ちなみに前回までは人間側の神様、賢神の歴史についての授業で、今日からはソルフレアの神話を紐解く授業が始まる予定である。

ふふふ……我の栄光ある歴史が人の口から語られるのは、ママの読み聞かせとは違った楽しみがある。逆に、我が叡智《えいち》を皆の衆に授ける機会があるやもしれぬな。

「……ぐぅ……すぅ……」

めっちゃ寝ておる。

「長老、起きてー！　お勉強でしょー！」

叡智をひけらかす以前に授業が始まらぬ。

机の上にはソルフレアの神話の本や、長老自身が書いたらしいメモ書きやノートがあるので準備はしてきたのであろうが、恐らく夜遅くまで深酒しながら準備してたのであろう。まったく困ったものじゃ。

「……クリスティーナ、悪いがしじみのスープ作ってくれ……。頭が痛くってな」

「そーじゃなくて授業！　あーもう！　お酒臭いし！　二日酔いだよもー！」

エイミーお姉ちゃんがキレ気味に揺さぶるが、長老は深酒しすぎたのかいまいち要領を得ない。

ていうかクリスティーナって誰じゃい。

他の子らは、「今日は休み？」とウズウズしておるし困ったものじゃ。

諦めたエイミーお姉ちゃんが、長老を部屋の隅っこにどかしてバンと机を叩いた。

「しょーがない！　ソルちゃん！」

「うぬ？」

「長老の代わりになんか教えて！」

「うぬぬ!?」

いきなりエイミーお姉ちゃんが無茶ぶりをしてきた。

「こないだ長老が寝てたときは私が先生役やったんだから、次はソルちゃんの番。なんかやってよ」

「そう言われても、我まだ九歳じゃし。子供じゃし」

「最近ソルちゃん魔法覚えたり、ソルフレアの神話の本買ったり、ぶいぶい言わせてるじゃん」

「ぶいぶいは言っておらぬし！」

「それに夜中まで帰ってこなくて心配したんだからねー。あーあ、必死に探してあげたお姉ちゃんのお願いも聞いてくれないんだー悲しいなー」

うう、それを言われると流石に申し訳なさがある。

ちらっちらっとこっちを見ながら泣き真似するエイミーお姉ちゃんの言う通りにするのは腹立たしいものがあるが、必死に探してくれた件については詫《わ》びねばならぬとは思っておった。

しかし自分の口で自分をひけらかすのはちょっと恥ずかしいのじゃ。

適当にガキどもにかけ算を教えてやろう。

「あ、計算以外ね。ソルちゃんそーゆーの教えるの下手っぴ。頭良いけどわからない子のことわからないタイプ」

「失敬な！　我は下々の者と同じ目線に立てるのじゃ！」

「すでに上にいる前提が尊大なんだわ」

「わん！（そうだそうだ。反省しろ）」

エイミーお姉ちゃんの言葉に、部屋の片隅で寝ていたミカヅキが同意するようにわんわん吠える。ええい、うるさいわい。

「てか元々やる予定だったことやろうよ」

「元々やる予定だったことというと……これかのう」

長老の読みかけの本を手に取ってぱらぱらめくる。

ほほう、これは……古式ゆかしい【覚醒《アウェイクニング》】の魔法ではないか。

でもところどころ呪文が間違っておるの。

どうせ酔っぱらって書いたのであろう。

「よし、千年ぶりにこれをやってみるかの」

「ソルちゃん、やる気になった？　いいよいいよー！」

「うむ。皆の衆、見るがよい。ここに一つのりんごがある」

我はパパからもらったりんごを、机の上に置いて見せた。

「りんごを握りつぶして『これが五秒後のお前らだ』って言うやつ？」

「違うのじゃ！」

エイミーお姉ちゃんのツッコミはスルーしよう。話が進まぬ。

「……古来、ネクタールという酒があった。ソルフレアから魔物たちに下賜された神聖な酒である。であるが、ソルフレアはちょっとスケール感を間違って、池や湖を酒と入れ替えてしまったりして魔物たちは十年もの間、酔い続けてしまった。それゆえ湖よりも多くの酒を飲んではならぬ、という法ができたのである」

「えっ、神話のお話覚えてるんだ。すっご。マニアだ」

「ソルお姉ちゃんすごい！　神話フェチ！」

「ソルはやっぱりソルフレアの真似とかしてるの？」

「真似ではないわい！」

我の話に感心したちびっこどもを落ち着かせて、話を続けた。

「ここからは秘密の話であるぞ。神の酒は、天上の世界の果実から作られたと言われておるが、その果実が何なのかは諸説ある。りんごであるとか、桃であるとか、妖樹が実らせる悪しき毒の果実であるとか……。どれが正しいかは諸説あるのじゃ」

なんで我がそんなことを知っているかと言うと、神酒の原料はなんなんだ論争が度々、大人たちの間で勃発しているからである。

我らシャインストーン開拓村はりんごが特産で、そして隣村のピーチフォレスト開拓村は桃が特産で、合同での収穫祭の時期などは「神聖なる果実はりんごだ」、「いいや桃だ！」とよくケンカをしておる。半分冗談だが半分本気なので殴り合いに発展したこともあった。

「ウチの村はりんご派だよね。ていうかりんごだって信じてる人が一番多いんじゃなかった？　次は桃で、三番目は梨だっけ」

「それなのじゃが……りんごでもよく、桃でもよい。毒のない果実であればなんでもよい。そこから作られるものであるならば、酒でなくてジュースであってもよい。これが諸説ある原因と思う」

「なんでも？　どゆこと？」

「太陽の力を吸って育ったものは神聖な力を帯びる。まあたくさん作ったり育て続けるには薬などもいるが、太陽がなければ育たぬ」

「ま、野菜果物は基本そうだね」

「その太陽の力の真髄を示そうぞ。外に出るが良い」

◆

我は大酒飲みであった。

具体的には、一度に飲む酒の量は大きな湖が二つか三つ分である。

もっとも酒を飲むときは、邪竜ソルフレアにとっての百日に一度あるかないか……つまり人間換算で百年に一度ほどである。まあそれでも湖に住んでいたであろう生き物共にはすまぬことをしたものだ。

なぜそんなにも飲んだのかというと、我が飲む酒は、我自身で作っておったからじゃ。

献上された果実に太陽の力を注いで、それを酒精とともに湖にぶちこんで神の酒を作ってたらふく飲んだものであった。

今は無理じゃ。

おしゃけきらい。パパがたまに飲んでおるが、くちゃい。

「よし、では祭壇に実りの果実を置くがよい」

「ヘイ、ブラザーズ！　やっちまいな！」

「「「おー！」」」

エイミーお姉ちゃんにどことなく似た男児三人組が我のところに駆け寄ってきた。

こやつらはエイミーお姉ちゃんの八つ下の三つ子の弟である。似すぎてて たまに誰が誰かわからなくなるが、それはさておき我にとっても可愛い弟分である。

ブラザーズは集会場の机を外の原っぱにでんと置いて、そこに座布団とりんごを置いた。

本来ならば神樹ユグドラシグの蔦《つた》で編んだ果物籠に置くのだが、まあよかろう。

「ちょうどお昼の時間、もっとも太陽の力が強くなるときに呪文を唱えるのじゃ。これが太陽属性の儀式魔法……【覚醒《アウェイクニング》】である」

我は太陽の力を借りて、その生命本来の力を引き出したり新たな才能に目覚めさせたりすることができる。それは生き物であれば何でも可能で、果実であったとしても問題ない。

「偉大なる月、雲、風、海に願う。太陽への拝謁を我らに許したまえ」

「「「ゆるしたまえー」」」

「……太陽よ。万物に成長と繁栄をもたらす偉大なる光よ。定命の者はその貌を見ることさえ能わず、平伏し雲と空気の御簾《みす》の向こうを想うばかりなり。その矮小たる我らの果実に、一度、妙なるお姿を現し祝福をもたらしたまえ」

「「「もたらしたまえー」」」

「【覚醒《アウェイクニング》】！」

こんな感じで太陽の力を借りて、りんごの力を引き出せば神酒の原料となるはずだ。

多分、呪文はあってるはずじゃが……うーむ、人間になったせいか、今ひとつピシャッとせぬのう。

ていうかブラザーズども、なんで我の後に唱えておるのじゃ。

「なんかりんごが光ってるよ」

エイミーお姉ちゃんの言葉通り、りんごがルビー色の輝きを放ち始めた。

おっ、一応成功したかの。

でも前世のときに比べるとだいぶ弱い。

一万分の一くらいにしか強化できておらんのう。

「「わー！　ソル姉ちゃんすげえ！」」

「宝石みたい！」

エイミーお姉ちゃんがりんごを持ってきゃっきゃと騒ぎ出した。

ふふん、もっと褒めるがよい。

「……けど、なんか食べ物っぽくないテカりかたでちょっと怖い」

「美味しくなさそう」

「ケミカルな感じ」

「ていうか食べていいのこれ」

エイミーお姉ちゃんとブラザーズがなんか真顔になった。

「あっ、安全じゃし！　セーフティ＆ヘルシーな食べ物じゃし！」

「でも、光ったからどうなるわけ？」

「りんご本来のパワーが高まったわけである。ゆえに……」

「ゆえに？」

「長老に食べさせれば酔い覚ましになろう」

「あ、健康食みたいな扱いなんだ」

ふふふ……。これで我の叡智を示せば、パパもママも我がソルフレアであることに気付いて感銘を受けることであろう。誕生日も今まで以上に盛大に祝ってもらえる。パーフェクトなプランである。

「長老ー。酔い覚ましになるよー。食べなー」

他の子供らが、椅子に座っている長老を椅子ごと担いで連れてきた。

いや、りんご持ってく方が楽だと思うのだが。

「ううむ……婆さん、飯かのう」

「婆さんじゃないよ。ほらどーぞ」

エイミーお姉ちゃんが持っていたナイフで器用に皮を剥《む》く。

ちなみにエイミーお姉ちゃんは体力もあり手先も器用だ。大人になったら都会に行って冒険者になりたいと言っておったこともある。

「古いりんごは儂《わし》はあんまり……うむ？　なんだこれは……甘いし……頭がすっきりするぞ……？」

「あ、ようやくちゃんと起きた」

長老が切り分けられたりんごを食べているうちに、目に生気が宿った。

「美味い。このりんご、美味いぞ」

悪酔いはいかんのう、まったく。

あ、そういえば悪酔いで思い出したが、ラズリーの果実を食べて悪酔いした者がいるかもしれんな。このりんごでも解毒はできるかもしれんが、あやつの根っこや葉っぱで毒抜きする方が確実じゃろう。万が一に備えて解毒剤の材料を用意しておくか。

「そんなに美味しいんだ。んじゃあたしも食べようか……うわ本当だ。めっちゃ美味い」

「エイミー！　このりんごはなんだ!?」

長老がエイミーお姉ちゃんの肩を掴んでガクガク揺さぶるが、驚いたエイミーお姉ちゃんが反射的に長老の脳天にチョップをかました。

「いたっ！　遠慮のない娘だのう……いや悪いのは儂にしても」

「それはソルちゃんがなんか謎の儀式でりんごをパワーアップさせたやつ。太陽魔法とか言ってたっけ？」

「太陽魔法……だと……？」

おっ、これはフラグというやつじゃな。

いやー、流石にこれは我の正体がバレてしまうのう。仕方がないのう。

「お前、あの古文書を読み解いたのか!?」

古文書？　なにそれ？

◆

なんかえらいことになってしまった。

「これは美味いぞ……品評会に出したら優勝狙えるんじゃないか」

「厳密には加工したりんご扱いだから、普通の品評会には出せねえよ。ジャムとかお菓子の扱いと同じだし」

「だとしても売れるぞこれは。糖度が増してるだけじゃない。ずっと保管庫においてあったりんごやクズりんごなのに触感がパリッとして歯ごたえがある。一番美味い時期に食べるりんごと遜色《そんしょく》がない」

「毒消しや滋養強壮の効果もあるようだな。長老の二日酔いが一瞬で治った」

我のりんごを食べた長老が驚いて我にあれこれと質問した後、長老は外で働いている大人たちを

緊急招集した。パパもママも集会所に来ておる。

大人たちが集まったところで、長老は我に「もう一度、りんごに【覚醒《アウェイクニング》】してみてくれ」と頼んできた。

というわけで、皆の前で木箱一箱分のりんごをシャイニングルビーりんご（エイミーお姉ちゃん命名）にしてみたのであった。

しかも我の唱えた呪文を見て、長老も同じことをした。シャイニングルビーりんごが二箱分もできあがってしまった。二箱分も作ってどうするんじゃと思ったが、皆、このりんごの美味しさに驚き、舌鼓を打っている。

「でも本当に美味しいわ。この魔法、肉とか野菜にも使えないかしら？」

ママがそんなことを言った。

皆、その成果を想像して色めき立つ……が、ちょっと難しいのう。

なんか知らんがあんまり成功せぬと思う。

どう答えればよいか迷っていると、長老が口を開いた。

「難しいだろう。りんごのような果実には種があり可能性が内包されているから上手く行ったが、すでに部位ごとに解体された後の肉に発展や進化の可能性はあるまい。野菜も種類によると思う。覚醒とはあくまで可能性を広げるものだからな」

……ほえー、そうなんじゃ。

言われてみればその通りとは思うが、自分自身なんでなのかふわっとしか理解しておらんかった。

「あら、残念。でも他の果物に使えるなら夢が広がるわね」

ママの言葉に、大人たちが喜びの声を上げた。

「美味い物が増えるな……」

「それより商売だよ商売」

「隣村にマウントが取れるぞ！」

なんか俗っぽいのう。

「ところで可能性を広げるってことは……もしかして人間には使える、ってことか？」

大人たちのうちの一人が、そんな言葉を放った。

その問いの不穏さに気付いて一瞬静まり返る。

「……え、お前人間食うの？」

「そうじゃねえよ！　子供の才能を開花させるとかあるじゃん」

「あ、なんだそっちか」

びびった。

我も食われるのかと思った。

しかしそれはさておき、人間にはあまり使いたくないのう。

「いや、使えない。使えたとしたとしても、やるべきではないだろう」

長老が、我と思っていることと同じことを言った。

「なんでだ？」

「ソルフレア様のような偉大な魂を持った者ならば強力な力を覚醒させることはできる。だがそれでも危険なのだ」

「でも長老。村長の奥さんみたいな竜人族って、ソルフレア様から力を分け与えられた人間の子孫なんだろ？」

「そうだ。竜人族も人間が覚醒によって目覚めたと言われているが、成功例はそれだけ。力を求めた人が覚醒に失敗したことも多い」

そう、人間の潜在能力を開花させるのは少々難しい。

魔物はすでに進化の方向性が定まっておって事故は滅多にないのだが、人間は可能性がありすぎてどうなるかわからぬ。

「一代限りの力として『異能』と呼ばれる魔法とは違う力に目覚めた者もいたが、力を扱いきれず暴走してしまったり、古代は色々と事故があったと古文書に書かれている。それを悔やんだソルフレア様が『自分と似た力を宿らせる』という方向性に限定することで、安定して覚醒させられるようになった。それが今の竜人族の祖なのだ。恐らくソルが古文書を読んで復活させた太陽魔法も、人間を妙な方向に覚醒させることはできないだろう」

そういうこと……って、今なんか妙なことを言いおったぞ。

「凄いぞソル。絵本を読んだだけで古文書を解読して太陽魔法を復活させるなんて」

「うちの子……やっぱり天才じゃないかしら」

「こもんじょをかいどく？」

いや、普通に長老のノートを読んだだけじゃが。

「太陽魔法を現代に蘇らせるのは、長老の昔からの研究テーマだったからなぁ。けれど文献が間違ってたり歯抜けだったりして、どうすれば正しい呪文になるのかずっとわからなかったんだ」

あっ。

間違えてたんじゃなくて、謎だった……というわけか。

そういえば祭壇の作り方もちょっと間違っておったの。

「ええと、なんというか……偶然なんじゃが？」

古文書の謎の部分を読み解いたとかじゃなくて、本来の正しい魔法詠唱や祭壇の作り方をしっかり知っておっただけじゃが。

「強いて言えば我がソルフレアであるという話であって……」

我の言葉に、皆が黙った。

そして深く静かに感じ入っている。

おっ、これは……ようやく信じてもらえるターンが来たというのか……？

そうである、我こそが……。

「ソル、お前はなんて謙虚な子なんだ……」

「冗談を言って、長老の業績を奪わないように気遣ってるのね……」

あれ？

なんかパパとママが盛大な誤解をしている。

「ソル。お前が俺を気遣ってくれるのは嬉しいが、違うんだ。お前の才能だ」

長老が感涙にむせびながら我の肩をがっしりと掴んだ。

いやいやいやいやいや我が長老の研究を完成させた、みたいな重荷は背負いたくないんじゃが!?

「いやあこの村は安泰だな！」

話を聞いてほしいんじゃが!?

◆

で、結局誤解を解くことはできなかった。

「はぁー、大騒ぎで疲れたのじゃ、まったくもう」

「くぅーん（別にいいじゃねえか。褒められたし）」

「よくないのじゃ！　一向に信じてもらえぬし！」

我は遊んでくると言って集会所を抜け出して、近くの一本のりんごの木の下に腰を下ろした。

これは果樹園で植えているりんごの木ではなく、もともとここにあった野生のりんごの木である。生命力に溢れていて、ほんのり魔力が漂っていて心地が良い。

「わぉん（でもお前、まだ九歳じゃねえか。正体は隠しておけよ。勇者の子孫とか派閥が生き残ってて殺しに来たらどうすんだよ）」

「え……おるのか？」

「わん（知らねえよ。けど、いるかもしれねえって思っとくもんだ）」

ミカヅキの警告は正しい。だが、我は素直に頷けなかった。

「でも……嘘をついているようでイヤなものはイヤなのじゃ」

「わふぅ（嘘か本当かなんて、どうでもいいことだ。お前は何となくみんなのために何かをした。大人たちはそれを喜んだ。別にそれでいいじゃねえか）」

「そーゆーもんかのう」

「わぉん（そーゆーもんだ。どうせお前も人間みてえに大きくなるんだ。焦る必要はねえよ）」

「そういえばおぬしは全然焦っておらんのう。本来の形を取り戻したいとは思わんのか？」

「がるぅ！（俺が犬なのはお前のせいじゃねえか！）」

「そこはまったくもってすまぬ」

「くぅん……（ま、そこまで不満じゃねえさ。しばらくは世話になるよ。人間の国や社会は面倒だし好きじゃねえが、お前の親父《おやじ》とおふくろは気のいいやつらだ）」

そう言われると、我も悪い気はしない。

とりあえず今日のことは腹に収めておこう。

皆に褒められたのも悪い気はせぬし。

「……ここはお気に入りの場所じゃ。別に秘密基地とかではないが、記憶を思い出す前からよくここに来ておった」

「くぅーん（ふーん）」

「山に夕日が落ちていくのをここで眺めていると、なんとなく良い気分になれる。我は大いなる太陽の力によって生まれた太陽の化身なのに、不思議じゃな」

「わん（俺も、満月より三日月が好きだよ）」

「そうか」

なんとなく黄昏《たそがれ》ていると、エイミーお姉ちゃんが「おーい！　遊ぼうよー！」と手を振りながらやってきた。縫い合わせた鞠のようなものを蹴っ飛ばして我の方に寄越《よこ》す。

蹴玉《けりだま》という遊びじゃ。

三対三で、足だけを使って鞠を奪い合って、ゴールに入れた方が勝ちというルールで、エイミーお姉ちゃんは凄まじい運動神経をしていて、これだけは我でも勝てぬ。

「よし、今日ばかりは我も負けぬぞ！」

こうして、いつものように一日が過ぎていく。

◆

我の思惑はさておくとして、【覚醒《アウェイクニング》】を施したりんごは村人みんなが褒め称えたのみならず、「俺たちが食べて消費するだけじゃもったいない。他の街にも売れるんじゃないか？」と誰かが言い出した。

こうして覚醒りんごは「シャイニングルビー」と名付けられ、大々的に売り出すこととなった。

これぞシャインストーン開拓村の新たな名物である。ちなみに儀式は長老がカスタマイズして一度に籠一杯分のりんごを覚醒できるようになったので、我が手伝わずとも安定して作れるようになっておる。

シャイニングルビーは美味で、保存が利《き》き、デトックス効果が高いと評判になって、行商人がどんどんやってきて買い求めた。おかげで村はずいぶんと潤うことになり、みんなの家の晩ご飯のおかずが一品増えてエイミーお姉ちゃんとそのブラザーズにめちゃめちゃ感謝された。ついでに我個人にもご褒美がもらえた。本をたくさん買ってもらって、ついでにワンピースや靴も新しいのにしてもらえた。

「ふふん。これはこれで悪くないのう」

新しいおべべを着て家の鏡の前でポーズを決めると、ママがうっとりとした顔で我を眺めた。

「うちの娘最高だわ……王都の劇団とか勧誘に来るんじゃないかしら……」

「い、いやだ！　芸能の世界になんかやらんぞ！　悪い金持ちや貴族どもがソルを狙ってくるに決まってる！」

パパはむしろ眉間《みけん》に皺《しわ》を寄せながら、妙なことを心配していた。

我に近付く悪い男などワンパンで何とかなるというのに。

「でも、もっともっと綺麗に可愛くなるかもしれないじゃない！　みんなに見てほしいわ！」

「綺麗だから問題なんだ！　野に咲く可憐な花のようにあるがままでいいじゃないか！」

パパとママがよくわからない喧嘩をおっ始《ぱじ》めて、翌日には仲直りした。

大人はよくわからぬ。

同時に、もっとよくわからぬことが起き始めた。

我が「古代魔法を使って新品種を開発した天才少女」としてなんだか名前が売れ始めたのじゃ。

まあ、天才美少女であることは何も間違っておらぬから捨ておいたが、これがまったく予想がつかぬ事態を呼ぶことに、我は気付いておらなかった。

◆

死体啜りの森から帰還したディルックとユフィーは解毒剤の原料を土産にして、故郷、フラウの町へと舞い戻った。

目的は達成したが、重い足取りであった。

自分たちの実家はすでに焼かれており、生き残った村人も依存症に苦しみ、あるいは仲間割れや酒の売人による抗争で深手を負っており、ディルックたちを恨んでいる。二人が抗争を激化させたのは間違いのない事実なのだから。

いくら解毒剤を持ってきたところで罵声を浴びせられるのは二人ともわかっていた。これは故郷への最後の奉公のつもりだった。

「これは……」

「一体、何があったの……？」

だがディルックとユフィーは、我が目を疑った。

人々の生活が破綻《はたん》し、道端には腐臭が立ち込め、毒酒に酔って正気を失った人々がたむろっていたはずの街に、活気が戻りつつある。

暴動によって破壊された商店では瓦礫《がれき》やゴミが撤去されて、そこかしこで修理の大工が汗みずくになって働いており、その合間を縫うように荷車が行きかって資材を運んでいる。

まだまだ破壊される前の豊かさを取り戻せてはいないが、それでもここを出立する前には影も形もなかったはずの、希望があった。

「ディルック！　それにユフィーも！　帰って来たのかよ！」

「なんだって!? あいつらが!?」

多くの大工は見たことのない顔立ちばかりだったが、知人も交じっていたようだ。

友だったものもいる。

闇商人ギルドとの決戦に挑む前、彼らの制止を振り切って気まずい別れをした。

無駄死にはよせと案じる者もいれば、負ければ俺たちも殺されるのだからやめろと訴えた者もいた。彼らの命を軽んじて戦いに行ったのだから、勝利したとて罵られるだろうとディルックたちは覚悟していた。

「ディルック、ユフィー、すまなかった……! 俺たちがわが身可愛さに、助太刀もしなかった……!」

「泣くなよ、アルダン。俺たちこそすまなかった……」

ディルックの友だった者……いや、友の一人のアルダンが、嗚咽《おえつ》しながらディルックたちのところに駆け寄ってきた。

「そんなわけがあるか、俺たちはお前らを見殺しにしたようなもんだ……」

「お互い様さ」

自分が死んだとき、こいつらも殺されるかもしれない。

ディルックとユフィーはそれを承知で闇商人たちを襲った。謝るのはこちらの方で、彼らを責めるつもりなど毛頭なかった。

「それよりこの様子はどうしたんだ？　出発した頃より元気になったような……」

「そうよね。それに街もずいぶんと綺麗になったみたいだし……」

「元気な人が増えたのは、シャイニングルビーのおかげだな。アップルファーム開拓村で、健康になるりんごを売り出したんだよ。あれを食べると、ちょっとだけ毒酒を飲みたくなるのが緩和されて幻覚も見なくなる。おかげで酒が切れて暴れる人も減ってきた」

「そうだったのか……」

「根本的な治療はできねえけどな……。ラズリーの実の誘惑を完全に振り切るには、ラズリーの葉と根から作った薬がなけりゃ難しいってあの子にも言われたし」

「あの子？」

「ああ、それはな……」

アルダンがちらりと後ろを振り向く。

彼の視線の先には、ディルックたちの記憶にはないまったく新しい建物があった。

一般的な住居でもなければ商店でもない。大きな正門の上には、太陽の光をイメージした円形の金属板に女神像が彫られたレリーフが飾られている。

これは太陽神を象徴する紋章だとディルックは何となく気付いた。

この国の人々の多くは叡智をつかさどる『賢神』を信奉する者が大半だ。『賢神』とは古来、星々や太陽の動きを読み取り暦を制定した人間が信奉していた神のことだ。太陽の化身のソルフレア、月の化身ミカヅキを神や精霊ではなく邪竜や悪狼と認定し、同時に、魔物ではなく人間こそが星の支配者であると説いている。
だが自然そのものを崇拝する人々もまた根強く残っている。大自然の化身は邪悪な存在ではなくたまたま当時の人間の国と対立していただけで、人間という種そのものに敵対していたわけではない。その証拠に、大自然の化身から力を分け与えられた竜人族がいるではないかと。

そして今、ディルックたちが目にしている建物は太陽神の教会であった。

「……あら？　どうされました？」

表の騒ぎが気になったのか、教会から一人の少女が現れた。

「シャーロットちゃん！　この街の英雄たちが帰ってきたのさ！」

「ということは……あなた方が、かの有名な義人、ディルック様とユフィー様ですか……！」

見たところ、ずいぶんと若い少女であった。

金色の髪をおさげにした柔らかな雰囲気の子で、良家の子女のような印象もあり、神殿に仕える敬虔《けいけん》な巫女《みこ》のようでもある。

「初めまして。『ユールの絆』教会のシャーロットと申します」

シャーロットと名乗った少女が、二人に丁寧な挨拶《あいさつ》をした。

聞き慣れない名前に、ディルックがぽかんとした顔を浮かべる。

「ユールの絆っていうと、確か……太陽神教の一派だったかしら……？」

「へぇ……。太陽神の使徒は、もっとなんか……ツッパってるイメージだったんだが」

ユフィーが自信なげに答え、ディルックが不思議そうにしていた。

「おいおい、英雄様にしちゃ物知らずだな」

「うるせえ」

「太陽神の信徒が中二病とか不良ってのは昔のイメージだぜ。『ユールの絆』は、その創始者が廃屋とか村はずれに集まってる不良や身寄りのない子を集めて、神殿や学校を建てて始まったのさ。今じゃみんな更生して、毎日真面目に礼拝をしてる」

「へぇ……昔とイメージが違うんだな」

「で、この子らはペアフィールドの街の神殿から来てて、復興を手伝ってくれたんだよ」

その称賛に満ちた紹介に、シャーロットは照れながら微笑《ほほえ》む。

「そんな大したことはできていません」

「そんなことないさ！　シャーロットちゃんも他の子たちも真面目で、熱心でさ……。俺たちもくさくさしてられないって思って、街を立て直そうって思ったんだ」

そう語るアルダンの顔には、希望が浮かんでいた。

ディルックたちは教会の中に招かれ、シャーロットから詳しい話を聞くことになった。

聞くところによると、ディルックたちが旅立った後に『ユールの絆』という太陽神教の一派が街にやってきて、怪我人の治療やガレキの撤去作業などの慈善活動を始めたらしい。

街の人間も最初は胡散《うさん》臭い目で見ていたが、献身的な働きに少しずつ感化されていった。ディルックたちによって闇商人が倒され危機が去ったことも大きな理由の一つではあったが、それでも彼女たちの尽力に救われた者も多く、今では太陽神教に帰依した街の人も多い……と、アルダンが語った。

街の雰囲気が大きく変わった理由を知り、ディルックは安堵していた。

「そういうことなら、これを預けてもよいのかもしれないな」

「ちょっとディルック、いいの？」

「信頼できるかどうかなんて、わかることさ」

ディルックは、シャーロットの手をちらりと見た。

あかぎれや火傷《やけど》の後が見える。怪我人や病人を熱心に看病していなければ、こうはならない。

楚々とした佇《たたず》まいをしていても、復興に尽力したという言葉が嘘ではないと示している。

だが、よく見ればそれ以外の傷もある。

武闘家の拳ダコに近い。それも始めたての素人特有のわかりやすい痕ではなく、修練に習練を重ねた末にできる、磨き抜いた珠のごとき美しさを伴った痕が。

「あ、あの……お恥ずかしいもので、失礼します」

シャーロットが視線に気付いたのか、手をさっと隠した。

「デリカシーないわね、あんたは！」

「す、すまん。ただアレを任せるにはいいと思って……」

「それは……あの荷物のことですか？」

シャーロットがディルックたちがやってきた荷馬車の方を見る。

「ラズリーの根と葉から作った解毒薬だ。樽一本分はあるから足りるとは思う」

「なんですって!? ああ、それはなんと素晴らしいことでしょう……！」

シャーロットが驚きの声を上げた。

「毒酒は出回らなくなったにしても、後遺症に苦しんでいる人も多いだろう。預けてもいいか？」

「もちろんです！ ですが、ということはあなた方がかの恐ろしい妖樹ラズリーを……」

シャーロットが畏敬の目でディルックたちを見つめる。

だがその言葉に、ディルックは気まずさを覚えながら答えた。

「……いや、俺たちが倒したわけじゃない。すでにラズリーは死体啜りの森の主ではなくなってたんだ」

「なんと……そんなことが。では一体、誰が死体啜りの森を治めているのでしょう……？」

「それは……恐らく竜人の……」

ディルックが言いかけた瞬間、足に痛みが走る。

ユフィーの靴が思い切りディルックの爪先を踏んでいた。

（何するんだよユフィー！）

（あんたねぇ！　ちっちゃい女の子にボコボコにされたなんて言っちゃうつもり!?　これからの仕事に響くかもしれないんだから、迂闊《うかつ》なこと言わないの！）

（い、いや……だが嘘を吐《つ》くわけにも……）

（あのとき気を失って、意識を取り戻したらラズリーの根と葉があったのよ。女の子の幻覚を見てただけかもしれないじゃない）

（おいおい、それは流石に……）

（他人が聞いたら信憑性《しんぴょうせい》はどっちも同じよ。女の子にボコボコにされたって話も幻覚って話も、うさんくさいじゃないの。嘘を吐けって言うんじゃなくて迂闊な話はするなって言ってんの）

「あの、ディルック様？」

シャーロットから不思議そうに聞かれて、ディルックは迷った末に少々の方便を使った。

「あ、ああ。新たな死体啜りの森の主は、凄まじく強い竜人だ。顔や性別はよくわからなかったが……とにかく只者《ただもの》じゃなかったな」

「竜人、ですか……。人里にいる竜人族以外にも、暗黒領域には魔物と交わって暮らす部族がいるとは聞いたことがありますが……」

「多分そうだろう。しばらく戦った後、満足して立ち去っていったよ。獣の時代の伝説のように、戦うことを誉れとする古風な相手だった」

「それは……とても興味深いですね」

シャーロットがどこか興奮した様子で呟く。

「物騒な話だが、面白いかい？」

「冒険者様のお話や英雄譚が昔から好きで……子供っぽくてお恥ずかしいのですが」

「そんなことないよ。まあ、勇ましく勝ってきたって土産話ができればよかったんだけどね」

「いいえ、こうして薬を届けてくださったことが何よりの英雄譚です。『ユールの絆』は子供ばかりですので、聞かせてあげるとみんなが喜びます」

「そういえば……確かに、若い連中ばかりだな」

「もちろん大人もいるのですが、私たちは教会であり学校なのです。『ユールの絆学園』という学校を運営しています。この服も実は制服でして」

「えー、いいなー！　可愛いじゃんそれ！」

ユフィーが目を輝かせてシャーロットの服を見る。

「ありがとうございます。ここの復興が落ち着いたら、学校に通いたい子を募集したり……特待生になれるような子を探す予定です」

「特待生か。まあ、優秀な子はどこも欲しがるよな」

「あまり才能で区別をつけるのもよくないとは思うのですが……どうしてもこのところ、世情が不安定でしょう？　怪しいギルドや犯罪組織に才能ある子が取り込まれる前に、学校の名の下で庇護できる環境を作りたいと学園長が仰せになりまして」

「そうだね。いいことだと思う」

「ディルック様とユフィー様は、旅先でそういうお話は聞きませんでしたか？　才能ある子がいるとか」

ディルックは特に心当たりはなく、首を横に振った。

だがユフィーは何かに思い当たった様子だった。

「そういえばあたし聞いたことあるよ。暗黒領域の近くに凄い才能を持った子がいるとか」

「そんな子がいるのか。おいおい、もしかして……」

ディルックがその言葉でイメージしたのは当然、暗黒領域で戦った童女だ。

あんなのがそこらの村にいてたまるかと、苛立ちを覚える。

「暗黒領域に行ってるんじゃないかって？　あるわけないでしょ。平和な村だよ。名産のりんごも羊も美味しいって評判だし」

「シャインストーン開拓村のことですか？」

「そうそう。って、その口ぶりだともう知ってるのかな」

「ええ。シャイニングルビーを作ったのも小さな子供という噂もありますし、いずれ足を運ぼうと思っていました。ありがとうございます」

「確か、村長の娘さんだそうだよ。でもヤンチャだって噂もあるね」

「子供なんてそんなもんさ。のびのびしてる方がいい」

「ディルックこそ本当にヤンチャだったからね。今じゃ落ち着いてるフリしてるけど」

ユフィーの茶々に、ディルックは苦笑を浮かべた。

そんな二人の様子に、シャーロットが花のように微笑んだ。

「元気な子も大歓迎です。……悪を戒め、魔物たちを倒し、人間に平和を与える太陽の愛《いと》し子《ご》。私たちは『ユールの絆』はそのような子らを育むための活動をしているのですから」

◆

我が大いなる太陽の化身、邪竜ソルフレアだという記憶を取り戻し、そして相棒たるミカヅキを得て三ヶ月が経った。

「今日はジャンジャンバリバリ音と光を出して格好良く敵を殺す七つの方法を教える」

「普通の戦い方を教えてくれ」

我は今、死体啜りの森のラズリーが生えていた跡地にゴブリンどもを集めて訓練をしていた。

我はラズリーを倒した後、再びここに来てリーダーのジェイクをタイマンで倒し、正式に死体啜りの森の主となった。

絶対に負けるとわかっていても戦うと決意した勇気を讃え、我はこやつを鍛えてみることにした。

いや、実際鍛えなければならぬ。我にはどうしても抗えぬ門限があるのだから、不在中はゴブリンたちや、その他、死体啜りの森に住む者同士で頑張ってもらわねばならぬ。

「魔物の形はまちまちじゃ。己にとってあるべき戦いの形は己で模索せねばならぬ。じゃが魔力の練り方は別じゃ。瞑想、始めぃ！」

「応！」

「ゆっくりと深呼吸して、天と地を意識し、その中心におぬしらの丹田があると思え。特に天を意識せよ。太陽がそなたらに加護をもたらすであろう」

「応！」

「瞑想中は叫ぶでないわ！」

ジェイクたちは我の言葉に従い、黙々と魔力を高めている。

こやつらに【覚醒】を施して頑強さや魔力は上がったのだが、前世のときほどの強化量ではない。このままでは心もとないので、地道に訓練を重ねるしかない。そしてゴブリンたちも「与えられた力に満足してはいけない」という危機感があるのか、自分から特訓をするようになった。うむ、よい心がけである。

しかし魔物は大きく弱体化している。

過去は誰もが知っていたであろう、己を鍛えるための知恵というものが失われている。

ラズリーのように千年前から生きて今も権勢を誇っている魔物はいるはずだが、彼らが魔物を鍛えていないのは少々不可思議である。……あるいは、強さを独占しているのだろうか。

長命な魔物が己の魔力を高めることに邁進《まいしん》し、むしろ弱い魔物からは強さや魔力を奪い、より弱くしているということもありえる。よくないのう。

「わん！（ま、考えたって結論は出ねえさ）」

「まーそれはそうじゃが」

「わんわん（焦ることぁない。のんびりいこうぜ）」

「うむ。ここの主となったからには、まず今日と明日を生きねばの。こないだのように人間の冒険者が来るやもしれぬし」

「わんわん（にしても嬉しそうな顔してるじゃねえか）」

「まあまあ、それは許せ。強き者と戦うのは竜の務めじゃ」

こないだ訪れた弓手と聖騎士のパーティーは実に良かった。

技も魔力もよく練っており、互いをよく補い、実戦経験が豊富で、戦うべき覚悟を持っていた。

古の魔物たちもああいう気風を尊んでいたものだ。

あのときは門限が迫っていたから土産だけ渡しておいたが、またここに来てくれぬであろうか。

ゴブリンたちの技量を高める上でのコーチングをお願いしたい。

だがいない者を当てにしても仕方がない。

「よし、軽く手合わせしてやろうかの」

「またかよ！　クソッ、しょうがねえな！」

ジェイクが槍を持ち、他のゴブリンたちも短剣や斧《おの》を手に取った。

手合わせのときは我が一度に全員を相手にするルールである。

ゴブリンどもは連携して強い敵を狩る経験を積み、我は我で戦いの勘所を思い出さねばならぬ。

「わん（待て待て。もう少しで夕暮れになるぞ。門限だ）」

「ぐぬぬ……手合わせは一回にしておくかの……」

ゴブリンたちに少しばかりホッとした空気が伝わる。

そのヌルさはいかんな。

全力で叩きのめしてやろうぞ。

「わん！（加減しろバカ！）」


今日もよい運動をした。

死体啜りの森も心なしか明るくなったように思う。

いや、実際ちょっと明るい。

恐らくラズリー本体から分離した樹木が枯れて、本来ここにあるべき樹木の方が育っている。

あやつの淫猥《いんわい》な果実が実ることはあるまい。

「あやつはどうしておるかのう」

「傷を癒《いや》したら復讐しに来るかもしれねえ……いてて」

ジェイクが、蹴られた腹をさすりながらやってきた。

「そうかもしれぬのう」

「楽しそうに言うじゃねえか」

ジェイクが肩をすくめながら言った。

「おぬしも、期待しておるのではないか？」

「そうかもしれねえ。本来だったら俺たちが倒さなきゃいけねえからな」

ゴブリン族は長らくラズリーに支配されていた。

いきなり森の主から除かれたとしても、思うところはあるのだろう。

だが、初めて出会ったときの意気消沈した様子は消えている。

「その意気じゃ。精進するのじゃぞ」

「ああ。敵はラズリーだけじゃねえしな」

「どこぞの領土に攻め込むのか？　積極的であることは悪くないぞ」

「いや、他の領地の主が攻め込むことはありえねえよ。主が変わったから様子を窺《うかが》いに来ることはあるだろうが、上の方の国主の戦争許可はそう簡単に下りねえ」

「なんじゃいそれは。つまらん、つまらん、つまらんのう」

そういえば、暗黒領域の王たちが示し合わせて戦争をしていないと言っておったな。

新興勢力が現れても、王たちが連合を組んで叩き潰されるとか。

「ん？　では何と戦うつもりじゃ？　ラズリーか？」

「そうだな。ダメージを癒して報復に来ないとも限らないが……それよりも最近、妙に強い人間が現れた」

「ほほう？　冒険者か？」

「いや、違うらしい。冒険者なら領域の正門から入ってきているはずだが、リストにない。ここに住み着いているのか、俺たちの知らない方法で出入りする術を使ってるのか」

「むう」

我以外にはおらぬとは思うが……。

この結界を作った大自然の化身の力を借りねばここへの転移はできぬはずであるし。

「ただ妙な技を使って凄腕《すごうで》の魔物たちを倒して回ってるって噂だ。お前じゃないよな？」

ジェイクの質問に、我は堂々と首を横に振った。

「我が来たのはラズリーを倒しに来たときが初めてじゃ」

「そうか……」

ジェイクが悩ましい様子で頷いた。

「話が曖昧じゃのう。もっとはっきりした特徴はないのか。種族の特徴とか得意な武器とか」

「ただの人間ってことだけはわかってる。認識阻害の仮面を被《かぶ》っているからわかりにくいが、角とか翼とかはないらしい」

「ほう？」

「だがなんか……妙なんだ。ただの人間の癖に妙に強くて、妙に打たれ強い。遠く離れたところから敵の骨を折ったり、炎を放ったり、色々と特技があるらしい」

「では、魔法使い職の冒険者であろ？」

「違う。魔力は全然感じないし、詠唱もない。そこは皆、話が一致してる」

「魔法ではない……？」

奇妙だ。

魔法以外でそんなことをできるものであろうか。

「炎の魔法が封じられてる場所でも炎を出して、森が火事になりそうになったんだってよ」

炎の魔法でないならば太陽魔法……ではなさそうじゃの。

恐らく太陽魔法で火を付けたとしても、森の力によって燃焼が広がることはないはずだ。

「それは流石に洒落にならんのう。竜の涙でもあればよかったのだが……」

竜の涙とは、つまり我の涙である。

太古の時代、我があくびをして涙を落とすのは冬の訪れを告げる合図であった。それゆえ冬の精霊は我の涙が大好物である。一時的に精霊の力を借りて火を鎮めたり、氷属性の魔法を強化したり、便利に使えるものとなった。数年で湖がいっぱいになるくらいは流したから、今の世でもまだまだ余っているとは思うのだが。

「涙は一瓶くらいあったはずだが……ラズリーの懐だな」

「カツアゲしとけばよかったのう」

「んなことできるのはお前だけだよ」

ジェイクが苦笑いを浮かべた。

「だが火を使うやつより危険なのは、赤い手をした人間……『赤手《せきしゅ》』ってあだ名のやつだ。身の丈十倍はある鬼の足を蹴って倒れさせて、拳で顎を打って昏倒させた。ダイヤモンド並の硬い甲殻も、優しくなでたかと思うと中身をずたずたに破壊した」

「となると魔力でその身を強化しているのであろう」

「いや、そいつも魔力は一切使ってなかったらしい」

「妙じゃの……」

「そいつはどの領土にも属さず、冒険者として名を挙げるでもなく、ひたすら強い魔物に喧嘩を売ってる。血塗《ちぬ》られた手を見て、誰かがそいつを赤手と呼び始めた」

「今どき面白いことをするものがおるものよな」

「他にも、魔法とは違う不思議な力を使う連中がいるようだが、暗黒領域の王たちにとっての一番の悩みの種は『赤手』さ」

「面白い。会えぬか？」

「そう言うと思ったが、無理だよ。誰も足取りが掴めないらしい」

ジェイクがやれやれと肩をすくめた。

「ふーむ……惜しいのう」

法を破る邪悪な者はともかく、ケンカを売りまくる乱暴者であれば一度出会ってみたい。よき闘士との出会いに、我は胸を高鳴らせた。

◆

そんな感じでミカヅキを伴ってこっそり暗黒領域に遊びに……ではなく、主として配下の面倒を見に行く日々が続いた。

だがいかんせん、門限が厳しい。

まず、ママとパパは我の単独での出歩きを禁じている。常にミカヅキを伴って歩くようにというお達しを我は忠実に守らねばならない。

ミカヅキは我が家に来て以来、狼や魔物を追い払ったり、郵便受けに手紙が来たら届けたり、うっかり外で昼寝をした我を背負って家に帰ったりと獅子奮迅《ししふんじん》の活躍をしており、ますますパパとママの信頼が厚くなった。ミカヅキがいればちょっとくらい遠出したって問題ない。時間の制約はあれども、行動範囲自体は大きく広がったと言えよう。

しかしミカヅキは門限にうるさく、時間が近くなると我の首根っこを咥えて疾風の速さで家に帰る。それがあるからこそパパとママも外出を認めてくれるのではあるが。

……なんだか、我よりもミカヅキの方がおうちの中のポジションが高くなってる気がする。

「わん！（今までお前が甘やかされてたんだよ）」

「そんなことないわい！　前世の頃よりちゃんとしてるわい！」

「わんわん！（嘘つけや！　だったら一人で起きろ！）」

「た、確かに毎朝ママに起こされてはいるが、二度寝はしとらんし……玉ねぎは食べられるようになったし。それにおぬしだって玉ねぎ食べられないじゃろがい！」

「わぉん！（犬だから当たり前だ！　犬を飼うならもっと勉強しろ！）」

「ぐぬぬぅ……そ、それはそうじゃが……」

「わぉん（教えてくれる人はいねえのか？）」

「だってパパがやっちゃうのじゃ。ママから『パパはやり方を教えてソルちゃんにやらせなきゃダメでしょ』とよく言うのじゃが……パパはなんか、こう……教えるタイミングが行き当たりばったりで、よくわからぬ」

「わふぅ……（それは確かにそうなんだよな……。お前の親父さん、擬音語が多いし。グッとやるとか、ちょろっとやるとか）」

ミカヅキも、「それはわかる」と頷いている。

「うーむ、ちょっと停滞してる感があるのじゃ……。あの人間たちのような、熱き魂を持った戦士がゴロゴロいれば楽しいのじゃが」

「わんわん（ゴロゴロはいねえだろ。つーか、ゴブリンどもをもっと強くさせてやれねえのか？）」

「おぬしもわかっておろう。前世ほど強く【覚醒】させることができぬ。弱体化しておるようじゃ」

「くぅん……（やっぱりな……。恐らく俺もそうだ）」

「む、おぬしもか？」

大自然の化身は皆、【覚醒】を使うことができる。

だが今の我はジェイクたちに加護を与えようとしても思うようにいかぬ。

完全に不可能……というわけでもないのだが、本人の潜在能力の開花を促し、成長速度を少しばかり速める程度のことしかできぬ。地道な鍛錬が伴わなければ加護が花開くことはない。

「わんわん！　わぉん……（ああ。俺の方が弱体化の度合いは強いだろう。狩人の神として俺を信奉するやつにしか加護は与えられん。ラズリーを倒しに来た狩人の人間は、三日月になる度に月に祈りをささげていたから遠くからでも【覚醒】を与えられたが、それでもまだ不完全だ。まだまだ伸びしろがあるのに、惜しいぜ）」

「転生したばかりであるからじゃろうか……？　我らはまだ今の肉体に不慣れで未熟でもあるし」

「くぅん……（いや……そこは関係ないんじゃねえか？　俺は眠っている状態でも【覚醒】させる

ことができた。何か別の要因があるのかもしれねえ）」

「うーむ…………ま、よいか」

「わぉん！（よくねぇよ！）」

「だって、我が眷属をすぐに作れたらヌルゲーではないか。それに、目下の者を一から鍛えるのも悪くはない。いや、それがまっとうと思うのじゃ。我も赤子から時間を掛けて成長しておる。定命の者は、そうして一歩ずつ強くなる方がよいのではなかろうか」

「くぅーん……（そりゃそうだが……原因がわからねえのが不気味だ）」

「それもそうじゃのう……」

そう言いながら、原っぱにごろんと寝転がる。

すると、聞き覚えのある声が響いてきた。

「あ、ソルちゃんだ。おーいおーい」

「エイミーお姉ちゃんとミカヅキちゃんとその弟たちではないか。どうしたのじゃ」

「おやぶん！」「ソルねえちゃん！」「ソールー！」

「ブラザーズは相変わらず見分けがつかぬのう。鬼ごっこでもするか？」

我の言葉に、四人がぶーぶーと不満をぬかした。

「おやぶんに勝てるわけないだろ！」

「そーだそーだ！　空飛べるのずるい！」

「翼生やすのおしえてよー」

「てゆーか空飛んだら駄目《だめ》だよ。あたし、おふくろにゲロはきそうなくらい怒られたんだから」

男児三人の文句はともかく、最後のエイミーお姉ちゃんの言葉はけっこう重い。

我がうっかり門限を忘れたせいで、皆が行方不明になったと思い込んで村を挙げての大捜索となってしまったわけであるし。

「そ、それは誠に申し訳ないのじゃ」

「まーいいんだけどね。あたしも家出したことあったし。無事に帰ってきたなら全然ＯＫ！」

「む？　エイミーお姉ちゃん、家出したことがあるのじゃ？」

「たはは－、若気の至りってやつ？」

エイミーお姉ちゃんが、照れくさそうに頷いた。

「あたし、都会に憧れててさぁ。いや今も憧れてはいるんだけどね。隣町はカフェもあるし、ウチみたいな集会場でお勉強とかじゃなくて、みんな綺麗な制服を着て学校行ったり」

「かふぇ……がっこう……きれいなふく……」

うーむ、ちょっと想像つかぬのう……。

かふぇはちょっと興味ある。

でもその他はピンと来ぬ。我はもうすでにママが縫ってくれた素敵なお洋服を着ておるし。

「面倒くさそうなのじゃが」

「そんなことないよー！　憧れのキャンパスライフ送ろうよぉ！」

「でも隣町まで徒歩で半日かかるし、一番栄えてる州都など三日はかかるから難しかろう。我も飛行禁止令が出ておるし」

「そーなんだよー！　子供の頃は頑張って走ればなんとかなると思ったんだよぉ！」

「ふふーん、エイミーお姉ちゃんも案外おこちゃまなところあるのじゃ」

「あ、そーゆーこと言うんだ。あたし知ってるからね？　日食のときにガタガタブルブル震えておねしょしたこととか？」

「なっ、なぜそのことを……！　忘れるのじゃ！」

「忘れませーん！」

エイミーお姉ちゃんを追いかける。

意外にエイミーお姉ちゃんは足が速い。というかこの村人たちは妙にフィジカルが強い。

パパもママも昔は冒険者だったらしく、ゴブリンたちよりも強さを感じる。

エイミーお姉ちゃんも鍛えればよい戦士になるであろう。

とはいえ我ほどではないのだが。

「きゃー捕まっちゃったー！　じゃーあたしが鬼ね」

「別に鬼ごっこではないのじゃ！」

「あっ、だから飛ぶのはナシだって！」

「おっと、そうじゃったそうじゃった」

飛行禁止令を思い出してすぐに翼を引っ込めて地面を走る。

「速い速い……って、危ないよソルちゃん！」

そのとき目の前に、誰かがいた。

エイミーお姉ちゃんと同じくらいの少女だ。

「あっ」

完全に油断しておった。

村の子供以外に誰もいないような野原に、見知らぬ人間がてくてく歩いているなどまずありえないことだ。

空を飛んでいれば急上昇できるが、このままでは怪我をさせてしまう。まずい。

「えいっ」

「あれ？」

急ブレーキをかけても勢いは殺せず、ぶつかったと思った瞬間、少女の手が風に揺れる柳のように優しく我の手を取り、くるりとその場を旋回して勢いを殺す。

ぞくりとする。

魔力や腕力を一切頼ることなく、我の猛突進をいなしてのけた。

人が魔力を使って魔法を覚える前の、古来の闘士のような滑らかな動き。

だが害意は何一つなく、まるで草原に咲く花のようでもある。

人の体はこのように動かすものなのかと、久しく感じなかった感動を覚えた。

そのまま我は風に乗って空を飛ぶような気持ちで体重を預けた。

「大丈夫ですか？」

気付けば舞踏会の円舞のように、我はその少女と対峙《たいじ》していた。

「う、うむ。すまぬ。前を見ていなかった」

「あなたに怪我がないのであれば、それでよいのです」

少女は、我の裾の埃《ほこり》を手で払う。

そうされるのがなんともむず痒《がゆ》く、恥ずかしい。

ママとはまた違った優しさを感じる。

「綺麗……」

「あら、ありがとうございます」

エイミーお姉ちゃんが感嘆の声を漏らした。

我もそう思った。

三つ編みにした金色の髪は静謐《せいひつ》な山奥の川のように滑らかだ。

服装だってこのあたりの村人とは一線を画しておる。

なんかブラウスもスカートも色鮮やかでかわいい。

ママの服イズナンバーワンと思っている我も、ちょっと着たいなと思った。

「ところで皆さん、この村の集会場ってどちらでしょうか？」

「集会場は、向こうの方の三角屋根の建物じゃ。こっちは野原じゃし、まっすぐ行くと暗黒領域の結界に突き当たるだけじゃぞ」

「ああ、そうでしたか……なるほど」

優しげな目を一瞬厳しくして、結界の方を見た。

「ところで、名はなんと申す」

「ああ、ごめんなさい。名乗るのも忘れてました。『ユールの絆』から来たシャーロットって言います」

◆

集会場に大人たちが集まってきた。

もちろんパパとママもいる。

どうやらすでに手紙か何かで来訪が伝えられていたようで、仕事はひとまず休憩となったようだ。村の羊が襲われないかどうかはミカヅキが見張っているので安心である。

そして我も、エイミーお姉ちゃんとその弟たち、その他村の子供たちも招かれた。

シャーロットという少女の話を聞くためである。

「……以上が、我が校『ユールの絆学園』の説明となります」

どうやらこの少女は、我らがアップルファーム開拓村のみならず様々な近隣の集落や町に顔を出しては「学校に来ませんか」という勧誘活動をしているらしい。

そしてパパたちはこの少女の話を興味深そうに聞いている。

大人たちは「子供たちへの教育ってこれでいいのかな」という漠然とした不安を抱いているためである。

別にいいと思うのだがのう。

我は朝にのそのそと起きて、なんとなくお手伝いしたりしなかったりして、暇な大人がいたら集会場で読み書きや魔法を教わって、友達と遊んで、ミカヅキに首根っこ咥えられて家に帰ってごはんを食べるというとても真面目な生活を送っておる。だというのに大人たちは妙に「なんかマズくねえ?」という顔をたまに浮かべる。解せぬ。

「なるほど……思ってたよりちゃんとした学校なんだな。太陽神を崇めてるって聞いてちょっとびっくりしたが……」

パパが悩ましそうに呟いた。

「同じ年頃の子供たちが集まって様々な勉強をしています。卒業した子らをスカウトに来る騎士団や魔術師団、大きな商家などもございますし、故郷の未来を創るために農業牧畜などの知識を学ぶ

コースなどもございます」

シャーロットの説明に、大人たちは思い思いの表情を浮かべていた。

面白そうだと思う大人が多いが、一方で難色を示す大人もいる。

「……ウチは『子供に勉強なんていらん』とか言うつもりもないし、そういう場所があるのは助かる。大人たちが読み書きを教えるのもちょっと限界があったしなぁ」

「そうよねぇ……」

「「だが……」」

パパとママがちらりとこちらを見る。

いや、この二人だけではない。大人たちみんながなぜか我の方を見る。

ついでに子供らも我を見る。

この珠玉の可愛らしさを持つ我が村を離れることを心配しているのであろうか。

「子供がうっかり学校から脱走したり施設を破壊する可能性もあるんですが、そのあたりは大丈夫でしょうか」

「なんでじゃ！」

パパの言葉に、我は思わず抗議した。

「そりゃお前……羽根を生やして飛び回るわ、獣や魔物を倒すわ、魔法で大木を折るわ、寝ぼけて羊小屋に潜り込んで一緒に寝てるわ……普通の町や学校でやったら大騒ぎになるんだぞ！」

「わ、我は悪いことしてないもん！」

「まあ、悪くはない。羊を襲う獣をミカヅキと一緒に蹴散らしたり、崖から落ちそうになっている子を助けたり……良いことはしてるんだが……」

その通りである。我は確かに門限は度々破っておるし、破った瞬間にミカヅキに首根っこ咥えられて強制帰宅しておるし、好き嫌いが直ったかというと、炒めた玉ねぎは食べられるが生の玉ねぎは相変わらず嫌いである。

だが己の道に背くような力の使い方は一度たりともしておらぬ。

「シャーロットさん。うちの子、もうちょっとおしとやか……とまでは行かずとも、この綺麗な顔立ちの印象を裏切らないくらいの大人しい子に成長しないかしら」

ママも親バカである。

その隣でパパも大いに頷いていて、「親バカだなこいつら」という村人の目線にまるで気付いておらぬ。シャーロットという少女も困っておるではないか。

「そ、そうですね。基礎教養や礼儀作法なども学ぶ機会がありますから……」

面倒くさそう。

そもそもこやつらにとっての太陽神って多分、我のことだ。

我が我に祈っても別にありがたみがない。

なんか全体的に気乗りがせぬ。

（エイミーお姉ちゃんは……）

どう思っているだろうか、と思って横顔を見ると、すっごいキラキラしておる。

目から輝きが放たれんばかりである。

（ソルちゃん！）

（う、うむ）

（制服めっちゃ可愛くない!?）

（ママのほどではないが、まあ、可愛いのう）

シャインストーン開拓村は上質な羊毛が取れるおかげか、服には困っておらぬ。交易で麻や綿などの生地も手に入るので、我はお洒落である。他所から来たおべべなどママの縫ったワンピースに比べたら取るに足らぬ……という自負はあるが、それでも「悪くない」くらいには思う。

（弟どもは……あっ）

三人とも目がハートになっておる。

この村にはおらぬ清楚系美人オーラに陥落《お》とされたようであった。

「見学や体験入学なども実施しておりますので、もしご興味があればぜひ一度お越しになってください」

「い、いやじゃ！　我は行かぬぞ！」

「でも面白いかもしれないわよ？」

「我より弱い者に何を教わることがあろうか」

「こらっ、ソル！　そうやって他人を見下したり侮ったりするんじゃあないぞ」

パパはそう言って我を窘めるが、この村の人間は総じて強い。

野良の魔物や獣がいる場所を切り開いて村を作ったのであるから、弱いわけがない。

都会の者のような甘っちょろい生活はしておらぬ。

暗黒領域も近いし、ここにおる方が学びがあるというものだ。

「ソルさん。ではあなたが世界で一番強かったら、勉強する必要も、鍛える必要も、まったくないのでしょうか？」

うっ。

それを言われると、我も弱い。人間を見て、学びを得なければと思ったのは我自身じゃ。謙虚にならねばならぬとは思っている。

「そ……そういうわけではないのじゃ」

「じゃあ、勉強が嫌い？」

「そういうわけでもないのじゃ。本を読むのは好きじゃ」

「そう。この子はやんちゃだけど意外と本が好きなんだ。真面目な本も滑稽本《こっけいぼん》も読むし。こないだなんか都会で話題になったラブコメを……」

「パパ、うるさいのじゃ！」

本は良い。人間の寿命は短く、その儚《はかな》き一生の中で、後世にわたって様々な知恵や文化を伝え残す。その中でも、本や書物は我のお気に入りじゃ。もし前世でこれを知っておったならたくさん収集しておったであろう。

「でも本当なんです。ソルフレアの神話なんて読みふけっちゃって、村の大人よりも詳しくなっちゃうくらい」

「まあ、それは素晴らしい！　ソルフレア様の書物なら学園にたくさんありますよ？」

シャーロットが聞き捨てならぬことを言った。

「なんじゃと？」

「図書館があるので古代の神話や伝承をまとめていますし、一応、娯楽本の類も置いてます。教科書を買うついでに色んな本を首都から直送してもらっていますから、すぐに棚に並びますし……」

「だってさソルちゃん！　一緒に行こうよー！」

エイミーお姉ちゃんがそう言ってむぎゅっと抱き着いてくる。

行ってみたいけど女子一人で行くのは恐いのじゃろう。お姉ちゃんにはそういうところがある。

「お姉ちゃんは制服が着たいだけではないか！」

「それだけじゃないよ！　学校のある街に行けばカフェもあるし！　格好いい男の人もいるかもしれないし！」

「ええと、遊びに来てもらうわけではないので、勉強は必要ですよ？」

シャーロットの忠告を、エイミーお姉ちゃんは都合良くスルーしておる。

周りの大人たちもやれやれという雰囲気を出しているが、どこかホッとしている様子でもある。

我らが学校に興味を示して一安心といったところなのだろう。

手のひらで転がされてるようだが、お姉ちゃんを無下にもできぬ。

それに……少し、この娘の素性も気になる。

「ひとまず今日はご案内に来たまでですが……いつでも見学に来てください」

シャーロットはそう言って、今日のところは解散する流れとなった。

◆

「というわけでソル。体験入学に行ってみないか?」

おうちに帰った後、パパが改めて話をしてきた。

「うむむぅ……行かなきゃダメぇ……?」

パパとママは、妙に熱心に体験入学を勧めてくる。

興味がないわけではない。

いや、ある。

やはりシャーロットという娘は気になるし、学校にあるという本も気になる。

しかし。

「なんだ、さっきは興味ありそうだったのに」

「寮生活は面倒なのじゃ。家から出て暮らすなど考えられぬ。我、まだ子供だもん」

基本的に『ユールの絆学園』では、寮生活を送ることとなる。

食事は大人の職員が用意するし、寮生と協力するので言うほど不便は無いらしい。部屋の掃除は自分たちでやるようになる。起床の鐘はなるが自分で起きねばならぬ。

「だからだ。大人になるまでに、一度は面倒な生活を経験しなきゃいかん。あともうちょっとで十歳になるんだから」

「ずっと寮生活しなさいってわけじゃないのよ。週末とか学校が休みのときはエイミーちゃんと帰ってくればいいじゃない。それに、まず体験入学に行って楽しいかどうか見てから判断してもいいんじゃないかしら」

「そうだけどぉ……色々とやることもあるしぃ……」

「やることってお前のお誕生日パーティーくらいだろ？　お前の仕事はないじゃないか」

「そうだけどぉ」

そうではないのじゃ。今は暗黒領域から離れたくはない。

ゴブリンどもは以前よりかは強くなったが、我が不在の間にどこぞの勢力に踏み荒らされるとも限らぬし。

「わんわん！（暗黒領域のことなら心配するな。月が出ているタイミングなら俺の転移魔法を貸してやれるし、遠くから言葉をお前の頭に語りかけてＳＯＳとかも出せる）」

「そんなことできたのか!?」

「わんわん（おっ、忘れてやがるな？　結界を作った大自然の化身なら転移できるんだよ。場所は自分の支配域に限定されるけどな。前世のときに便利だから覚えとけって言ったろ）」

「ぐぬぬ……退路を塞《ふさ》ぐではないわ……！」

「わぉん！（観念しろ。そもそも人間の子供だったら学校に行くもんじゃねえか）」

「ほら、ミカヅキも頑張れって言ってるだろう？」

「言ってないのじゃ！」

「わんわん、わん！（そもそもお前、親と別れて家を出る方向性で考えてたじゃねえか。親元を離れて学校で暮らすのは自立の第一歩だぞ。なんで嫌がってんだよ）」

あれ？　そういえばそうじゃ。

なんで我、こんなに嫌がっておるのじゃろう。

「ぐぬぬぬぅ……！」

悩ましい。

大いに悩ましい。

前世のとき、側近となる魔物を選出する武闘大会で決勝が判定にもつれこんだ時でさえここまでは悩まなかった。

「やはりミカヅキを飼ってよかったなぁ」

「本当に頼りになるわぁ」

しかもミカヅキの方が信頼されておる。

そ、そんなことないし……我の方が凄いし……！

第四章　ユールの絆学園

こうして我はまんまと乗せられて、『ユールの絆学園』へ行くことになった。

制服は当然まだない。我は普通のワンピースである。だがエイミーお姉ちゃんは無理矢理頼み込んで制服を借りたようだ。

弟たちや他の子らはまだ幼く学校に行くほどではなく、もっと年上の子らはすでに仕事をしているので大人の仲間入りをしつつある。我としては気心の知れたエイミーお姉ちゃんがいれば安心であるが。

「見てごらんソルちゃん！　ここが隣町のペアフィールドの町だよ！」

ガタゴト揺れる乗合馬車はあんまり乗り心地がよくない。

だがエイミーお姉ちゃんは元気に窓から外を見ている。

我も同じように身を乗り出して外を見ると、隣町が近づいていた。

街道は整備されておるし、門のあたりで行商人などがざわめいておる。

というか……人、多っ！

「いいなー、栄えてるなー」

EVIL DRAGON LITTLE GIRL

「そんなことないのじゃ。地元の方が魔力は豊富だし防衛態勢はしっかりしておる。こっちの門番もたるんでおるし」

「わぉん！」

ペアフィールドの街には城壁はあるものの、魔法による結界は何もない。

正門で槍を携えている番兵もあくびをしておるし内包する魔力もへちょい。大した腕前ではなさそうだ。ウチの村人の方が遥かに強かろう。

「それは仕方ないよー、開拓村はみんな魔物を倒したり土地を切り拓いて耕した人だからね。特にウチの親たちは魔物退治で名を上げた冒険者クランだしさぁ」

辺境で、しかも暗黒領域に接するほど近いとなると、普通の人間は怖がって開拓などせぬ。辺境に住めるというだけでけっこう強いのである。

にしてもパパもママも人間にしては妙に強すぎる気がするのだが。

そのあたり詳しく聞いても「パパとママが強いのは当たり前だろう。パパとママなんだから」とはぐらかされてしまう。

ともあれ、馬車は門を通過したところの馬車駅で歩みを止めた。

「それじゃ行こっか、ソルちゃん！」

「お姉ちゃん、そっちではないのじゃ」

よくわからぬ方向にダッシュしようとするエイミーお姉ちゃんのスカートの裾を掴む。

「おねがいー！　寄り道したいのー！　あっちに冒険者ギルドとかもあるらしいし！」

「ダメなのじゃ。お小遣いには限りがあるし、遅刻してしまうのじゃ」

エイミーお姉ちゃんは散財癖がある。

ちゃんと学園に送り届けるようにとエイミーお姉ちゃんのママから言い含められておる。

「でもあっちにワッフル屋さんあるよ」

「………わっふる」

「わん！　わんわん！（おら、ガキ共。道草食ってないで行くぞ！）」

うっ、危ない危ない。

我も道草を食ってしまうところであった。

本当はここに誰か村の大人が保護者としてついてくる予定ではあったが、エイミーお姉ちゃんが「あたしたち強いから大丈夫だよ」、「収穫の時期が近いから大人の手を借りるわけにはいかない」と強硬に主張した。本音としては親の目の届かぬところで街で遊びたいところではあるが。

「わん！（帰りがけに喫茶店によるくらいは目こぼししてやるから、大人しく用事を済ませちまえ。遊ぶのは後々。ほら出発！）」

「なんかあたしもミカヅキちゃんの言葉わかる気がする」

「こやつわかりやすいのじゃ」

「わんわん！（怒られてるくれーそりゃわかるだろうがよ！）」

「これ、乙女の尻を押すでないわ！」

ミカヅキが我らを後ろからぐいぐい押す。

さっさと用事を済ませろというミカヅキの圧に推されつつ、我らは目的地を目指して町を歩いた。

「わんわん（念を押しておくが、冒険者ギルドに行くのはマジでやめろよ。こないだ死体啜りの森に来た冒険者と鉢合わせでもしてみろ。大騒ぎになるぞ）」

「気にしすぎじゃよ。こんなに人がおるのじゃ。出会うはずもなかろう」

「わん！（そりゃそうだがな……。けどお前の素性がバレたらお前の親に迷惑が掛かるってことを忘れるなよ）」

「むぅ……そういう言い方はズルいのじゃ」

「あー、また二人しかわからない話をしてるぅー。あたしにも翻訳してよぉ」

「エイミーお姉ちゃん、ミカヅキの言葉がわかるって言ったばかりなのじゃ！」

などと雑談するうちに、ようやく目的地に着いた。

そこは、想像以上に立派な建物であった。

煉瓦《れんが》積みの本棟は砦《とりで》のようだ。人間が祈りを捧げる教会という建物もあるし、何やら子供らが駆け回っている広場もある。

村の集会場の何倍も大きい。ぐぬぬ。

「ソルさんにエイミーさん、いらっしゃい。よく来てくれましたね！」

そして我らを出迎えたのは、こないだ村に来たばかりのシャーロットであった。

「こんにちわー！」

「あれ？　二人だけ……かしら？　大人の人は？」

シャーロットが不思議そうに首をかしげた。

「ミカヅキがおるのじゃ。村の者が忙しゅうての。保護者代わりじゃ。そこらの大人よりも強いし頼りになる」

「わん！」

「……お、大人といえば大人ね……？」

シャーロットがなんとも曖昧な笑みを浮かべた。

だがミカヅキは賢いので、小さく頷いてお利口そうに座った。

「建物の中に入るときは自分で足を拭《ふ》くし、水浴びもしておるし、人間より綺麗好きなのじゃ」

「そ、そうなのですか。それなら大丈夫かしら……」

それを見てシャーロットはホッと胸を撫で下ろす。

「ともあれ、二人とも興味を持ってくれてうれしいです。……では、体験入学ということで一通り授業を生徒と一緒に体験してもらうことになりますが、よろしいですか？」

「はーい！」

エイミーお姉ちゃんが元気よく返事をした。

「何か聞きたいことがあれば遠慮なく聞いてくださいね」

「えっと、シャーロット……さん」

「堅苦しい呼び方しなくても大丈夫ですよ。私は神官見習いでもあるから言葉遣いに気をつけていますけど、本当は気楽に呼ばれる方が好きですから」

「ではシャーロットちゃん。ここでは何か剣術や魔法の訓練はしておるのかの？」

我の言葉に、シャーロットの表情が一瞬固まった。

「ええと……どうしてそう思ったのかしら？」

「あっちの建物で魔力が漏れておる」

「それは……よく気付かれましたね。近所迷惑になるので音や魔力を遮断するような結界になっているのですが……」

「ほほう。ちょっと見てみたいのじゃ」

「ソルちゃん、見てみたいだけじゃなくてケンカしたいとかじゃないの？」

「そっ、そんなことはないのじゃ」

「ケンカはダメですよっ」

シャーロットちゃんがあわあわして止める。

とはいえ我も別に血に飢えた獣ではない。

「そうではない。正々堂々とした手合わせをしたいだけで、手当たり次第に暴れたいとかではないのじゃ」

ストレス発散は暗黒領域に行けばできるしの。

「開拓村は辺境で、我らが住む場所より先は獣や魔物がゴロゴロおる。女子と言えども強くなければいきていけぬのじゃ。であれば心身を鍛える必要はあるし、だからこそこの学園を見学に来たのじゃ」

「……その通りですね。無用な心配でした、すみません」

シャーロットちゃんが、丁寧に詫びた。

「九歳の子には早いかな……と思っていましたが、とても子供とは思えない志を持っていますね。であれば、武道場にご案内しましょう」

「まっ、紛れもなく九歳じゃし！　子供じゃし！」

一瞬、年齢がバレたかと思った。

◆

そんなわけで、本格的に授業に入る前に武道館とかいう場所に移動した。

そこで紹介されたのが、禿頭《とくとう》の偉丈夫《いじょうふ》であった。

タンクトップにハーフパンツというスポーティーな服装は、この偉丈夫の筋肉を思う存分目立たせておる。

「田舎から来たばっかりのお嬢ちゃんが俺に挑みてえのか？　へへっ、怪我するからやめときな。ママのところに帰った方がいいんじゃねえのか？」

「彼が騎士訓練では普通科トップ一位のゴライアスくん、十五歳です」

十五歳？　うっそじゃろ!?

身長が大人よりあるし、ムッキムキのテッカテカなんじゃが!?

「ほえー……えらくまたデカいのう……」

「ゴライアスくんはすでに色んな騎士団からスカウトが来ているんです」

「おうとも。ユールの絆学園、最強のゴライアスとは俺のことよ」

親指で自分を指して自慢げに名乗る。

我は、シャーロットちゃんの説明に、なるほどと思った。

（流石にあの弓手たちやジェイクよりは劣るが、十五歳にしては中々の才じゃな）

身長体格に恵まれているだけではない。

しっかりと木剣を毎日振るって、訓練を重ねている。

筋肉も見せかけではない。そこらの大人が子供と思って侮れば痛い目を見るであろう。

「ここでは木剣を使って訓練をするのか？」

「ハッ！　いくらなんでも怪我するからやめとこうぜ。ここは一つ……腕相撲でどうだ？」

「ああ、それはいいですね。それと強化魔法や変身魔法は禁止で、相手を怪我させてもいけません。こういうルールではどうですか？」

威勢が良いわりに紳士的じゃの。

「うむ、よかろう」

「よぉし、なら決まりだ。だがお前……タダで俺に挑もうってんじゃあるまいな？」

おっ、賭けをしたいのか？

なかなか話の分かる男子ではないか。

「ふふ……我に望むものがあるのか？　なんでも言うてみよ」

「なら……あの犬を……撫でさせてもらうぜ……！」

ゴライアスくんが、獰猛《どうもう》な笑みを浮かべてやたらと可愛い提案をしてきた。

「あっ、うん」

ミカヅキは体育館の入口で眠そうにあくびをしている。

だがあの毛並みと体格のよさに惚れ惚れする子供たちもいるようであった。

このゴライアスという少年も、なんだか犬好きのオーラがある。

「ゴライアスくんは動物が大好きなんだぞ！　病気の野良猫を見かけたときは動物病院を探して駆けずり回って、病院代だって年齢を偽って冒険者ギルドで稼いだんだ！」

「態度がデカいのも基本的に照れ隠しのツンデレだから、あんまり悪く思わないでやってくれよな！」

「うっ、うるせえぞ！」

周りの子供たちが囃《はや》し立てて、ゴライアスくんが赤面した。

「別に撫でるくらいなら本人……もとい本犬が許すなら好きにすればよいが……ともあれ承った。我が勝ったなら今日の餌やりと散歩を頼もうかの」

「てっ、手前……全然罰ゲームじゃねえだろうが……負けたくなっちまったぞ……！」

「はいはい、お喋りはそこまで。それではちょっとやってみましょうか。それとゴライアスくん、年齢を偽って冒険者ギルドに行ったたってお話、後で詳しく聞かせてね」

「……よしお嬢ちゃん、勝負だぜ！」

シャーロットちゃんの視線をスルーして、ゴライアスくんはテーブルを持ってきた。

テーブルには何か取っ手のようなものがついている。

「いいか。腕相撲しない方の手でここを握るんだ。……って、ちょっとテーブルが高いな。調整するか。あと肘が痛くならないように誰かタオル持ってきてくれ」

ゴライアスくん、本当に紳士である。

「それじゃ、準備はいいいな？」

「いつでもよいぞ。かかってくるがよい」

畳んだタオルに肘を乗せ、取っ手を掴み、ゴライアスくんの手を握る。

「……っ⁉」

握った瞬間ゴライアスくんの顔色が変わった。

我を凝視する。

「どうした？　それでおしまいかの？」

「すげえ……まるで、岩……いや……もっと強大な……」

ゴライアスくんは渾身の力を込め始めた。

怪我をせぬよう加減していたようだ。

その心配をするべきは、やはり我の方であった。

「お喋りしてよいのは余裕のある方じゃ」

「ぐううっ……なんだ……これ……」

勢いがついて怪我をせぬよう、優しく腕を倒していく。

「上半身だけ鍛えておるわけではなく、体のブレがない。人の形をしたものはついぞ見栄えするところばかり鍛えるものじゃから、そなたはしっかりと練っておる。よきかなよきかな……では、負かすぞ」

「ううううおおおおっ……負けるかっ……！」

相手の骨や筋を痛めないよう力を込めるの、ちょっと面倒だがコツを掴んできた気がする。

人間とはこのように動くのだな。

やはりあの弓手と聖騎士の戦いで、なんとなく体の使い方をわかってきた気がする。

「くっそぉおおおお！　参った……！」

ゴライアスくんは汗まみれになって抵抗していたが、ようやく彼の手を机に押し付けることができた。

「まっ、負けた……ゴライアスくんが負けた……！」

疲労困憊《ひろうこんぱい》になったゴライアスくんが椅子からずりおちるようにしてその場にへたりこむ。

「なんだって!?　ゴライアスくんが!?」

「学園長の銅像を蹴倒して、頑張って一人で元に戻した怪力のゴライアスくんが腕力で負けた!?」

「ゴライアスくん、後で職員室行きましょうね？」

気付けば、武道場で鍛錬していた子らが驚いて集まってきた。

どうやら皆、「どうせゴライアスくんが勝つに決まってる」と思っていたらしい。

「すげえよお前！」

「ちっちゃいのに凄いパワーだ！」

「どこから来たの!?　シャインストーン開拓村？　あんな辺境に住んでて凄いな！」

「犬触らせて！」

「まっ、待つのじゃ！　これ、慌てるでない！」

いきなりもみくちゃにされた。

この学園の子供らは妙にノリがよい。

ここは、もしかしたら、けっこう楽しいかもしれぬ。

「まだまだ修行あるのみですね。頑張りましょう」

一方で、シャーロットちゃんがゴライアスくんに手を差し伸べた。

ゴライアスくんがそれを掴んで立ち上がる……いや、ひょいと引き起こされた。

「師匠、申し訳ございません！」

「天賦の才を持つ子はいるものです。これから努力で補えばいいだけのことです」

「押忍《おす》！」

「そんなことよりギルドに行った件の方がダメです。お説教です」

「そ、そんなぁ……！」

ゴライアスくんが、シャーロットちゃんを妙な呼び方をしている。

「ソルさん。それでは次に私がお相手しましょう」

シャーロットちゃんが、どこか剣呑《けんのん》な気配を放って我にそんなことを言ってきた。

「うむ、やはりそう来るとは思っておった」

「あら、そうなの？」

「身のこなしを見ていればわかる。そこまで鍛え上げておいて、力ある者に惹《ひ》かれぬわけがあるまい」

「すみません、そういう気持ちが漏れてたなら……恥ずかしいです」

シャーロットちゃんが顔を赤らめて照れている。

あれっ、もうちょっとノッてきてくれるかと思ったのだが。

「もう、ソルちゃん。人が気にしてるところそんな風に言っちゃだめだよ。デリカシーを覚えなきゃ！」

「えっ、我が悪い流れなの？　ご……ごめんなさい」

「大丈夫です。でも、一回くらいやっておきましょうか」

「うむ！」

シャーロットちゃんが椅子に座る。

姿勢が良い。

あの弓手のように、軸がブレておらぬ。

手を握ると、柔らかさと温もりの奥に揺るがぬ芯のようなものを感じる。

人の体を駆動させるという意味では、もしかしたらあの二人を超えるやもしれぬ。

「俺が審判をします。用意はいいなッ……ゴー！」

ゴライアスくんが試合開始を告げた。

力を存分にぶつけられる人間は貴重である。

魔物とは違った喜びがある。

体の条件がお互いに同じである以上、純粋に力と技を比べることができる。

「なっ……!?」

「おおっ、これは凄いのう……!」

我の渾身の力が受け止められている。

シャーロットちゃんに我に拮抗した力があるわけではない。

自分以上の力を受け止める、技巧がある。

「相手より親指を上にすること、肘のみならず肩を意識すること。色々とコツはありますが……それ以上に大事なのは、自分が大地と一体になることです。人は翼で空を飛ぶ生き物ではなく、足で大地を踏みしめる生き物ですから、大地を感じ、大地を味方に付ければ、大きな力を発揮できます」

「おおっ……!?」

ぐんと力が増した。

先ほどのゴライアス君とは比べ物にならぬ圧力が我に襲い掛かる。

気を抜けば負ける。

久方ぶりの緊張感だ。

魔法で体の力をブーストしているのではないかと錯覚するほどだが、魔力の気配は感じぬ。惜しい。これで力、技、魔が揃えば相当な猛者《もさ》と言えよう。

あるいは使えるが加減している可能性もある。今の我のように。

「なっ……」

「うむ。覚えてきた。これが人の技というものか」

大地を踏みしめ、力を腰、肩、肘を回して握る手に圧力を込める。

自分そのものを力の流れの一部とするような流麗な動きの結果、凄まじい力が発揮される。

シャーロットちゃんの顔色が変わった。

そう、その顔が見たかった。

負けるかもしれぬとわかり、だが負けられぬと食いしばる人の顔。

いつの世であっても美しい。

「こらこら、午後の授業始まるぞー！」

が、それは唐突に終わりを告げた。

「あっ、すみません先生」

新たにやってきた男の声が武道場に響くと、シャーロットの力が急速に萎《しぼ》んでいく。

あれ、いいところじゃったのに。

「シャーロットに先生って言われるのは慣れないな。色々と助けてもらってたのに」

「本当よね。あたしたちの方が部下みたいなものなんだから」

「伝説の冒険者お二人に、そんな恐れ多いですし、ここでは私は生徒なんですから。ああ、そうだ。今日からアップルファーム開拓村から来た子がいまして……」

「ああ、そういえば……その子が？」

勝負に水を差したのは誰じゃいと、いらつきながら我はそいつらの顔を見た。

「あ」

「「あ」」

しらばっくれればよかったものの、我は思わず凝視してしまったし、向こうも気付いた。

一生の不覚であった。

「「「あ」」」

「あのう……ディルック先生？　ユフィー先生？　もしかしてお知り合いですか？」

こやつら、死体啜りの森に攻め入ってきた弓手と聖騎士だ。

◆

その場で正体などを暴露されるかと思いきや、弓手の男は「道に迷ったところを助けてもらった」と方便を口にした。隣の聖騎士の女は、目を白黒させていたが「う、うん！　そうなのよ！　あはは！」としらじらしい言葉で追従した。

更に「この子は初等部になるから俺たちが案内をしよう」と言ってきおった。

もしかして、やる気かこやつら……？

それゆえ場所を変えようとしているのか。

色々と想像はできるが、人払いをするつもりならば上等である。

我も子供らを巻き込みたくはない。

というわけで我は二人に付いていって、とある部屋に案内された。

背の低いテーブルと、ふかふかのソファーのある部屋である。

応接室のようだ。

まさか茶に毒を混ぜて出すわけではあるまいな……と思ったが、ディルックと呼ばれた弓手は普通のお茶を淹れて出してきた。美味い。

「初めて土をつけられた相手が、職場の児童としてやってくるとは思ってもみなかった」

ディルックの言葉に、ユフィーが静かに頷く。

なるほど、そういうことか。

「つまり……もう一度我に挑みたいから、改めて挨拶をしたいということであるな。礼に適っておる。よかろう。時と場所はそなたらに合わせる」

「違うんだが!?」

「待って待って待って落ち着いて」

二人が慌てて首をぶんぶんと横に振る。

あれ？

「違うのか？　じゃあなんじゃ、カツアゲか。ぴょんぴょんジャンプしてもどんぐりしか出ぬぞ」

小遣いはミカヅキに預けておるしのう。

「どんぐり、放置すると中から虫が出るから気を付けなきゃダメよ」

「ママにめちゃめちゃ怒られたから、ちゃんと虫がいないのにしておる。大丈夫じゃ」

「あっ、なんかそこは年相応なのね」

ユフィーが脱力したように呟いた。

「うーん……そういえば九歳だっけな。とりあえず飴でもどうだ」

「おぬしら、我を子どもと侮っておるのではあるまいな。いただきます」

「食べるんじゃねえかよ」

「知らぬ人から物をもらってはいかんとは教わったが、知ってる人ならば別じゃ」

ガラス瓶に入っていた飴玉を一つ渡してくれた。

ほんのりレモンっぽい味がして美味しい。

「ところで、ソル……ちゃん、でいいかしら？」

と、ユフィーが言った。

「うむ。ソル＝アップルファームである」

「……とりあえずあなたにはもう一度会いたいと思ってたし、言わなきゃいけないことがあるから別室に呼んだの」

「なんじゃ」

「えっと……飴をバリバリかじるのよくないわよ。舐めるものだし」

「ママと同じことを言うでない。我は歯が丈夫なのじゃ。虫歯も一つたりともないのに歯を磨けとうるさいし……」

えっ。

「歯を磨くのは歯周病予防でもあるの。磨かずにいると食べかすが歯石になって歯に悪さをするし、放置してたら歯が抜けちゃうわよ」

なにそれ知らない。怖い。

「そ、そういうことなら磨かんでやらんでもない」

「それがいいわ」

ユフィーがくすくすと笑う。

なんだか手のひらで転がされてるようだ。意外に難敵である。

「ユフィー、ズレてる」

「あ、そうだった、ごめんごめん」

ディルックに指摘されて、ユフィーが申し訳ない気持ちゼロの謝罪をした。

「俺から言おう。本題ってのは……薬の材料を分けてくれて、助かった。おかげで毒酒に蝕《むしば》まれてた連中も快方に向かってる。ありがとう」

そして二人は我に頭を下げた。

頭を下げるのは賢神の教えが示す礼法である。わかりやすいので真似をしている人間も魔物も多い。

「……そうか。やはりそれが目当てだったのじゃな」

ラズリーを倒した後にゴブリンどもに色々と事情を聞いたが、あやつはどうやら暗黒領域の魔物のみならず、人間にも果実や樹液を売りさばいておった。人間を支配してやろうという思惑があったわけではなさそうだが、あやつ、自分の作った実を請われると悪い気はせぬのであろう。こうして誰かに恨まれて危機が訪れることもあるじゃろうに。

この二人が本気を出していれば、ラズリーが完全に殺されていても不思議ではない。

「ああして弱き者を隷属させる悪しきものは暗黒領域の法に反しておるし、何より我の趣味ではない。人間にも迷惑が掛かったであろうな。こちらも、死体啜りの森の新たな主として言おう。すまなかった」

「……ってことは、お前はラズリーの側近とかじゃないんだよな？」

「当たり前じゃろ。我はこないだラズリーを倒したばかりじゃ」

「なるほどな……」

ディルックが安堵の息をこぼした。

ケンカにならなかったらつまらんので黙っておった件についてはスルーしてくれそうだ。良かった。

「ラズリーを倒した後は、いずれ人間の悪しき商人が来ると思っておった。だがどうも会話を聞いておると、ラズリーの取引相手ではなくラズリーを討ちに来たようであったからな」

「商人は俺とユフィーが倒した」

それも不思議ではなかろう。ディルックもユフィーも、一騎当千の猛者であった。

「そなたらであれば不思議はなかろう。人として転生してからそなたら以上の戦士に会ったことはない」

「転生？」

ディルックが、訝《いぶか》しげな表情を浮かべた。

「なんじゃ、我を普通の子供だとでも思っておったのか。我は生まれ変わりじゃよ」

「逆だ。長い年月を生きた魔物が子供に化けてるのかと思ったが、なるほど、そういうことか……」

「生まれ変わる前の名前、聞いてもいいのかしら」

「我は太陽の化身、邪竜ソルフレアの生まれ変わりである。頭を垂れよ」

しかし今はこの通りただの人の身よ。

田舎から出てきて学校を見学しに来た一介の美少女である。

……と、言おうと思ったが、二人は顔を青くしてその場に跪《ひざまず》いた。

「ははっ！」

「ほ、本当に神霊級の存在でしたとは……！」

「こら待て！　冗談じゃ、いや冗談ではなく事実だが、『頭を垂れよ』のところは冗談じゃ！」

「俺たちは、史上最強の魔物の指南を頂戴したわけか。光栄だな」

顔を上げたディルックはやれやれと肩をすくめた。

冗談に冗談を返すといった様子でもなく、ごく自然な態度だ。

「とゆーかおぬしら、信じるのか……？　あ、態度は普通に戻すがよい。畏《かしこ》まられては話しにくい」

「あ、ありがと……。あたし的には、それが真実だって方がまだ救いがあるんだもの。こう見えても、巷《ちまた》じゃ最強の冒険者って名前で通ってるんだから」

「まったくだ。暗黒領域の王にも一矢報いるくらいはできると思ってたんだ。それなのに手も足も出なかった。完敗だよ」

こやつら……！

思ったよりいいやつらではないか……！

「おぬしらこそ冒険者の誉れよ。うむうむ、あっぱれじゃ」

以前戦ったときも、もう少しもてなしてやればよかった。

「……まあ勝手に闇商人ギルドと戦ったせいでちょっと処分を食らって転職したがな。この通り、先生ってわけよ」

「でも、ソルフレア様はどうするつもりなの……？」

「様などいらぬ。ソルでよい。我がここに来たのは学校見学じゃぞ。パパとママが学校に行けとうるさくてのう」

「そうじゃなくて。えっと……ソルちゃんは人間に復讐したいとか、そういう気持ちは？」

あ、真面目な話か。

こほんと咳払いして我は話を始めた。

「……我は千年前、勇者に敗れ去った。敗北を噛み締めて生きるよりも、打ち克ちたいという気持ちはあるとも」

我の言葉に、ユフィーがじわりと警戒心を滲ませた。

「だが、あのときに負けた自分を克服したいだけだ。人の時代に生きる者を恨んでいるわけでもない。パパとママも困ってしまうであろうしの」

我が訂正すると、ディルックとユフィーは安堵の気配を醸し出した。

ふふ、恐がらせてすまんのう。

「……ご両親のこと、好きなのね」

「うむ。いずれは、パパとママの子はこんなにも偉大であると知ってほしいものだ。だからこそ前世の頃の力を取り戻し、ゆくゆくは暗黒領域を平定したいとは思う。どうにも乱れ気味であるしの」

「暗黒領域の平定……。それでラズリーを倒してくれたのか」

「じゃが……わからん」

「わからん？　何が？」

「どうすれば人に克てる自分になれるのか、そういえば、よくわからぬ。いや、そもそも人とは何なのか。まるでわからぬ。パパとママのことでさえ、我は上手く理解していないように思うときがある」

我の言葉に、ディルックとユフィーがぽかんとした表情を浮かべた。

「……そんな問いかけが来るとは思ってもみなかった。なんか本当に神様を相手にしている感じになってきたな」

「あたしも」

「なぜ我に学校に行けと言うのであろう。二度寝するなとも言うし、玉ねぎを食えとも言うし。読んだ本も片付けろと口酸っぱく言われる」

「なんだか子供を相手にしている感じになってきたな」

「あたしも」

「なんじゃいなんじゃい。おぬしらこそ誰かの子供であろう。おぬしらは理解しておるか？　己を生んだ父と母のことを」

「いや、死んじゃったしなぁ」

「あたしも」

「す、すまぬ。失言であった」

人間は短命であるからなぁ……。

「だけどソル。仮に親が生きててもお前に答えることはできない。その探求に一生を費やす人もいるし、それでも答えが出ないまま死んでいく者もいる。そういうもんだと俺は思う」

ディルックの答えは、何も答えていないに等しい。

だがそれでも、正面から答えてくれたのは嬉しいものだ。

前世のときから、こういう輩《やから》は好きじゃ。

「ついでにもう一つ尋ねよう」

「なんだ？」

「我が何を思っているかは伝えた。逆におぬしらの方は、我をソルフレアだと知ってどうするつもりじゃ？」

我の言葉に、ディルックとユフィーが目を見合わせた。

「どうするって……どうすんだ？」

「えっと……授業見学に来てるのよね。見学受け入れしてくれる教室にご挨拶して、授業に交ざってみる流れになるわ」

「そうではなくてじゃな」

「だって俺たち、冒険者じゃなくて教師だからなぁ」

「人生のことを知りたいって言うなら教えてあげるのが仕事よ」

二人が、なんだか余裕ある大人の顔を浮かべた。

なんか子ども扱いされてる気がする。

「…………よいのか？　我は腐ってもソルフレア。人の世を理解した瞬間に牙をむくかもしれぬぞ」

「かもしれんって話なら、どうにもできねえさ。本気でそんなこと考えてないって言ってるようなもんだぜ。そもそも今の時代の人間を恨んでないって言ったばかりじゃねえか」

「む……」

「つーか冒険者としてどうするって聞かれても困る。邪竜ソルフレアが死んでから千年、人と魔物の大決戦なんて起きてねえし。それを備えるためになんかやれって言われても……今一つピンとこねえ」

「むしろ人同士の戦争とか魔物同士の戦争とか、今の勢力図での戦争のほうが遥かに現実的だし怖いわね」

「だとしても放置してよいのか？」

「放置しないってことは、開拓村から出てきた小娘を、大勢の兵士で取り囲んで槍で突っついて首を落として『討ち取ったりぃ！』って誇らしげに言うってことじゃねえか。失敗したら恥ずかしいが、成功したらもっと恥ずかしい」

「そうそう。やめましょうよ、そういうの。あたしそういうのきらい」

「そ、それは確かに恥ずかしいものじゃが」

「それに……俺の怨敵《おんてき》は人間だったよ。魔物の中にもいたが、それは魔物が倒してくれたしな」

ディルックのシニカルな物言いの中に、我には読み取れぬ様々な感情がある。

パパもママも、時折そんな顔をする。なぜなのだろう。

「ふむぅ……」

「……ま、確かにお前は人間にとっては大いなる脅威なのかもしれない。だとして、俺にできることはなんだと思う？」

「大勢で囲むのが嫌なら……鍛えぬいて再び我と戦うとか？」

「それもアリだ。だがもっといい方法がある」

ディルックはそう言って、親指で自分を指し示した。

「俺はここの教師で、お前はここの学生だ。だったら教師として学生の行き先を導くのが俺の仕事だ」

「なんじゃいそれは」

「なんじゃいも何もあるかよ。お前は勉強しに来たんじゃないのか。それとも教団としての『ユールの絆』に興味があるのか？」

「まさか。我を崇《あが》める連中に、我こそソルフレアであるなどと言ったらそれこそ槍で突っつき回されるわ。我とて自分が子供にしか見えぬことくらいわかっておる」

「そうだな。お前は凄まじく強い。けどアップルファーム開拓村の大人たちにとっては、普通の子供なんだと思う」

「ふん。そんなのわかっておるわい」

自分が子供であることなどはわかっておる。

とはいえそれを指摘されても面白くはないのじゃ。

「ねえ、ソルちゃん。あたし、教職員会議でアップルファーム開拓村からの手紙を読んだわ」

と、ユフィーが言った。

「手紙？　そんなものを出しておったのか？」

「あの村の大人たちは、あなたのことも、それとエイミーって子のことも、大人として心配してるのよ。『未来ある子が小さい村の中だけで満足して、燻《くすぶ》ってしまわないか心配だ。だから広い世界を見せてあげてほしい』って」

「……我は悟ったことを言うような輩や、大人ぶった輩は好かぬ。こっちの戦う気が失《う》せてしまうではないか」

ふん、と鼻を鳴らすと、ディルックが面白そうに笑った。

何が面白いんじゃい！

「気の遠くなるくらい生きている癖にお前が若すぎるんだ」

「長命種とはそういうものじゃ。悟った者は多いが、それは情熱や戦う意思を失うことを意味してはおらぬ。むしろ心が若ければ若いほど長命種として生き続けられる。もっとも、それゆえに困った性格のまま長く生きた者も多いのじゃが……」

「愚痴ってたら話が終わらなくなるぜ。そろそろ授業見学に戻るか。怪しまれちまう」

ディルックが苦笑しながら言った。

「それもそうじゃの」

「……そうだ。最後に一つ助言というかお願いがある。認識を阻害できる魔法とかないのか？　あるなら使っておいてほしい」

「認識阻害？　ふぅむ……少々思い出せばあるやもしれぬが」

「そうね……。暗黒領域の森を支配するあなたと、この学校にいるあなた、これあたしたち以外が同一人物だって気付いたら厄介なことになるわよ。特にあなたのご両親が知っちゃうのは……まだよくないんじゃないかしら」

「パパとママにはむしろ信じてほしいところではあるが……まあ知られたら知られたで厄介事は確かにあるのう。とはいえ、暗黒領域に行く者などおぬしら以外におらんじゃろ？」

「いや……『ユールの絆』の上層部は別だ。あいつらは行ってる可能性がある」

ほえ？　ユールの絆って学校じゃろ？

「なんでじゃ？」

「『ユールの絆』は、賢神ではなく太陽神を崇めてはいるが……魔物や暗黒領域に関しちゃかなりの武闘派だ。人間が支配すべきと公然と訴えてる」

「…………ふーむ。まあ、不思議ではない。我は魔物に崇め奉られたが、さりとて人間の信者もおった。その者は我の力によって竜の力を持つ者となり、今の竜人族となった」

「それが竜人ってわけでもねえんだ。それに『ユールの絆』はここ二十年くらいで盛り上がった新興勢力だ。ソルフレアの信奉者としては新顔もいいところだが……お前が復活したタイミングに近いのは妙じゃないか？」

そう言われても、全然心当たりがない。

そんな連中がいるとして、ではなぜ自分を保護しなかったのか不思議ではある。

我は夢のお告げという形で人間たちにメッセージを送っていたのだから。

「全然心当たりがない。そもそも連中に我に対して妙な執着があるとか、我の復活を予想してるとかならば、真っ先に我のところに偉い人が来るものではないか？　おぬしが実は『ユールの絆』の偉い人だったと言われる方がまだ筋が通るであろう」

「そこなんだよな……。お前のことを田舎から来た頭がよい子、くらいにしか考えてない」

「というかアップルファーム開拓村は田舎ではないわい！　行商人も来るし！　カフェはないが、近所の婆さんがお茶とお菓子出してくれるお店あるし！　りんごも売れておるし！」

「怒るところそこなのね」

ユフィーがくすりと笑う。

「ま、ともあれ気付かれてないなら気付かれない方がいい。ただの勘だがな」

曖昧ではあるが、ディルックの物言いは嫌いではない。

我も勘でこやつに施しを与えたわけであるし。

「……わかった。ひとまずよろしく頼む。ディルック先生、ユフィー先生」

「よろしくな、ソル」

「よろしくね！」

我は、勇気ある冒険者たちと握手を交わした。

◆

ユフィーはソルを教室に送り届けた後、勉強する様子を見てから応接室に戻った。

応接室で茶菓子を楽しんでいるディルックの後頭部を、書類束ですぱぁんと殴る。

「何するんだよ」

「あんたこそなに優雅にサボってんのよ！　まったくもう！」

「待ってたんだよ。あの子の様子はどうだった？」

ユフィーは少し逡巡し、遠慮がちに答えた。

「授業受ける様子を見てたけど……普通にいい子だなって。ちょっとふてぶてしいところはあるけど、明るいし、授業は熱心に聞いてたし、運動の苦手な子を助けてあげてたりしたし」

「じゃあ馴染んでるんだな。このまま入学するんじゃないか？」

「……どうする？」

「どうするもこうするも、学園としちゃ普通に受け入れるだろう。仮に俺たちがこのことを喋って誰が信じる？」

「いや、でも……子供にしては強すぎるよ。信じる人がいてもおかしくはないんじゃないの？」

「確かに俺たちより強い。トップクラスの冒険者を超えて、暗黒領域を統治する王たちに匹敵するかもしれない……だが」

「だが？」

「まだ、弱すぎる」

「え、あれで弱すぎるって、あんた何言ってんの!?」

「バカ、声がでけえよ」

ユフィーが呆れと驚きでつい大声を出し、はっとして自分の口を塞いだ。

「いいかユフィー。そもそも比較対象が間違ってるんだよ。本当にソルフレアの生まれ変わりだとしたら、神とか大精霊とか、自然現象とか、存在するだけでこの星の在り方が変わるような人知を超えた存在だ。そういう風に思えたか？」

「それは……まあ、そこまでとは思えなかったけど」

「凄まじく強いが、理解できない範囲じゃない。恐らく、完全に目覚めてはいないんだろう。恐らく、恐いのはこれからだ」

「……あんたは信じてるんだ。あの子がソルフレアの生まれ変わりだって」

「信憑性はない。だが、あいつは多分……本物だよ」

ディルックの勘は当たる。

それはディルックの相棒を長年務めたユフィーの勘であった。

「だからユフィー。今が好機だ」

「え？　好機って、あなたもしかして……」

「ああ」

怖じ気づいたユフィーに、ディルックはにやりと笑った。

「変な悪党共に染められちまう前に、すくすくと情緒を育んで育ってもらう」

「あ、なんだ、そっちか」

「なんだと思ったんだよ。殺すとか言い出すんじゃあるまいな」

「そんなわけないでしょうが！」

ディルックとユフィーは、義人と褒め称えられる冒険者だ。

目先の利益よりも通すべき筋を守り、弱者のために戦う。

それは相手が、大いなる太陽の化身、邪竜ソルフレアであっても変わらなかった。

第五章

友達、家族、怨敵

EVIL DRAGON
LITTLE GIRL

楽しかった。

すっごい楽しかった。

「うーむ……これは予想外じゃ」

同じくらいの歳の子供らと一緒に名作文学を読んだり、歌を歌ったり、かけっこをしたりするのは、びっくりするくらい楽しかった。

都会っ子は田舎者を馬鹿にしてくるかと思いきや、教科書を貸してくれるし、何かで一番になっても普通に褒めてくるし。ミカヅキの部屋もちゃんと用意してくれたし。

そういえばゴライアスくんがミカヅキの飯を用意してくれた。ついでにめちゃめちゃモフってた。

寮のご飯も、ママの料理ほどではないが美味しかった。

肉と玉ねぎを炒めた甘辛い料理が出てきたが、エイミーお姉ちゃんから「好き嫌いするとアップルファーム開拓村は甘えん坊ばっかりだなぁって馬鹿にされちゃうよ?」と言われて食べた。寮母というママより年上の女に「いい食いっぷりだねぇ!」と誉められた。

あてがわれた部屋も、狭いが汚くはない。

ちなみにエイミーお姉ちゃんと同室で、消灯時間までおしゃべりして楽しく過ごしておった。いつぞや、村の集会場でお泊りしたことがあったが、そのときよりも話が弾んだ。エイミーお姉ちゃんも体験入学が余程楽しかったのであろう。

だが明かりが消えた瞬間、なんだか胸がざわざわした。

「なんか眠れぬ……。エイミーお姉ちゃんは……」

「ぐがー……んごごごごご……ぷしゅー……ぐがー……」

寝ておる。

すっごい寝ておる。

「お姉ちゃん、お姉ちゃん、トイレに行かぬか……？」

「んんー……もう食べられないよぉ……」

「おかわりしすぎなのじゃ、まったく……。仕方ない、一人で行くかのう」

我は静かに扉を開けて廊下へと出た。

暗い。

他の子供たちも部屋の明かりを消して寝ているようだ。

消灯時間の後も遊んでいると寮母や教師に怒られるらしい。

トイレに行くくらいは構わぬそうだが、ここで問題が起きてしまった。

「どっちじゃ？」

暗いとはいえ見えぬわけではない。

少しばかり目に魔力を集中すれば周囲の状況は把握できるが、どこにトイレがあるかわからなければ意味がないのである。

「う、うむ……こっちか……？」

抜き足差し足で静かに歩く。

音を立てて歩くことはやめておこうと思った。

ここの学生寮は、遠方から来ている生徒たちが寝泊まりしている。起こしてしまっては申し訳ない……という気持ちだけではない。

なぜであろう。

ここには我を追い詰めるものなどはないはずだ。

「む？」

廊下を歩くうちに、中庭の方まで来てしまった。

星と月の明かりがこぼれ、中庭の花壇の花を静かに照らしている。

なんだかその光景に、妙にホッとしてしまう。

空の景色はいつ見ても変わらぬ。

今の世も昔の世も、昼には太陽が輝き、夜には月と星々が輝いている。

ほんの少しだけ寂しさを感じなくて済む。

「え……寂しい？」

我はなぜ、寂しがっておるのだろう。

今日一日は思い切り楽しんだはずなのに。

「にゃーん」

「うおっ!?　なんじゃなんじゃ！　我を脅かすつもりか！」

何か物音がした方を見る。

そこにいたのは、ただの野良猫であった。

我の声に驚き、たたたたっと中庭の茂みの中を走っていく。

迂闊にも小動物にドキドキしてしまった。

「び、びっくりしたのう……ママ、猫がおったのじゃ。食料庫に出入りしていないか確認せね……あ」

ここは我が家ではないのに、うっかり呼んでしまった。

当然、誰の言葉も返ってこない。

風の音、鈴虫、ときおり鳴く野良猫。

普段は気にも留めぬ音が、ごうごうと耳の中で鳴り響いているようだ。

「帰りたいのう……お前もそう思わぬか」

花壇の花に語りかけた。

なんでこんな気持ちになっているのだろう。

「それはペゴニアですね。綺麗でしょう？」

「こっ、今度は、誰じゃ!?」

「あっ、静かに！　みんな寝てますから！」

我は思わず自分の口をふさいで、声の主の顔を見た。

「あら、ソルちゃんでしたか」

そこにいたのは、シャーロットちゃんであった。

「す、すまぬ。眠れなくて散歩しておった。ここには花があるのじゃな」

「ええ。ペゴニアはしっかり暗くしないと花が咲かないので、夜はランプのない暗いところに植えているんです」

そういえば廊下には燭台があったが、ここにはない。星明かりでなんとなくわかるものの、それでも漆黒の闇がある。不気味と思っていたが、花を咲かせるためと思えばそう怖くないような気がした。

「なるほどのう……」

草木も花も、静かに眠っている。

我もそうすればよいだけなのだ。

「中庭には、他にも色んな花がありますよ」

しかしシャーロットちゃんは、寝間着姿にしては妙に格好いい。

ママのようなふわふわもこもこのパジャマではなく、まるで運動するための服のようなすらりとした服である。

月夜に照らされるシャーロットちゃんも、格好いい……格好いいというか……。

「よく練っておる」

太ももが、太い。

柔らかいシルエットをしているが贅肉ではない。高密度の筋肉がそこに詰め込まれている。平時は乙女の柔らかさを保ち、いざ駆動するときは鋼鉄のような姿を見せる理想の肉である。

それだけではない。ふくらはぎの筋肉、腰から体幹を繋ぐ筋肉としっかり連動している。まさに美しき狼のようだ。

腹の肉もまるで鋼のようだ。ただ割れているのみならず、腹の横も引き締まっている。

服を着ていれば一見たおやかな女子そのものだが、肉体の練度はゴライアスくんよりも遥かに上である。

「ちょ、ちょっとソルちゃん、あんまり見ないで頂けると……。ちょっとトレーニングしてたものでして」

「あ、いや、すまぬ」

恥ずかし気にシャーロットちゃんが腕で体を隠す。

今のは我にデリカシーがなかった。反省。

「でも、シャーロットちゃんはなんでそんなに鍛えておるのじゃ？」

見たところ、シャーロットちゃんは戦士を生業とする者ではない。

神に奉仕する巫女のような仕事をしたり、生徒の面倒を見たりするのを日々の仕事としておるような雰囲気である。

「そういえばソルちゃんはまだ『ユールの絆』の教義は知りませんでしたね。この学校は教団の支援を受けていますが、希望者でない限りは入信などは勧めませんし、他の宗派の人も受け入れていますので」

「そういえば確かに、入信などは勧められなかったのう」

なんか太陽神を信仰している、ということしか知らぬ。

そもそも、名前の由来もわからぬ。

「なんでソルフレア、ではなくユールという名なのじゃ？」

良い質問です、と言わんばかりにシャーロットが笑顔で答えた。

「ユールとは、太陽神ソルフレア様が再びこの地に舞い降りたときの名です」

「えっ、知らない。全然知らない」

今の我はソル＝アップルファームという名なのだが。

ユールとかいう名ではないのだが。

「知らないのも無理はありません。これは古代、太陽神ソルフレアを信奉していた人々が密かに残した預言ですから」

「ほほう……」

偶然じゃぞ？

そもそも人間に転生すると決めたのは死んでから何百年か経った後のことであるし。

我を信奉していた人間は竜人族となったし、他に人間の信者ってそんなにいたかのう……？

「ユール様はこの混迷した大地に再び降り立ち、迷える人々を救うとされています。来たるべき救済の日に備えて太陽の恵みに感謝しながら、一日一日を大切に生きていこう……というのが、私たちの目的ですね」

なるほど。

わからんがわかった。

人生つらいけど自暴自棄《じぼうじき》にならずにやっていきましょうって感じであるな。

「しかし、人を庇護する神は賢神であろう？」

「賢神は、実はこの世界の人ではないのはご存知ですか？」

「うむ。賢神とは異世界から来た人間であり、ソルフレアと戦った勇者のうちの一人であったはずじゃな」

「あらすごい。よく歴史を勉強していますね」

偉い偉いとシャーロットちゃんが褒めてくる。

えへん、と胸を張るが、昔のことに詳しいと露見するのもまずかろう。

「え、えーと、それで賢神教ではなくなぜソルフレア様を崇めておるのじゃ」

「……彼らも彼らで世界を良くしようとしているのですが、異世界の知識に振り回されています。もっと穏便で、違う方法もあるのではないかと『ユールの絆』の教主は仰ったのです」

それは確かに、我も思わぬでもない。

異世界の知識を得て人々の国は大きく発展した。

過去の朴訥な暮らしを捨て、都市を築き、どのような獣や魔物にも作れぬ秩序で集団を統率している。こうして我が村で平和に暮らしたり学園に遊びに行ったりすることができるのも、異世界の知識があってこそであろう。

だが木を伐りすぎて砂漠を作ってしまったり、油を燃やしすぎて気候が変わって水没した国があったり、過去には色々と賢神の教えによる弊害もあったらしく、賢神を恨む者もいる。

(賢神を信じられぬから、人の神としての我を信仰するようになったわけか……。そういえばディルックもミカヅキを信仰しておったな。人の世は難しいものよ)

「納得できました？」

シャーロットちゃんが優しい表情で言った。

「聞きたいのだが、シャーロットちゃんはソルフレア様が復活するのを心待ちにしておるのか？」

「……うーん、どうでしょうね」

意外にも、シャーロットちゃんは首をかしげた。

「む？　違うのか？」

「私が生きている内にお目にかかれるかというと、きっと難しいでしょう。あまりこういうことを言ってはいけないのですが……預言が必ず当たるとも限りません。ですけど、私、今の生活が楽しいんです」

「なぜじゃ？」

「……家族がいるから、でしょうか」

シャーロットちゃんがはにかみながら答えた。

「ああ、と言っても血の繋がりはないんですけどね。私は親を亡くして、教団に引き取られたようなものですので。だから父や母のような人や、兄弟姉妹のような子たちはたくさんいて……その人たちのことを思うと、胸が温かくなるんです」

不思議と胸に響いた。

家族ではないが、家族のようなもの。

その言葉に照れはあっても、気負いや暗さはない。

どこか誇らしげな表情さえ見えた。

「我は、拾われた子じゃ」

気付けば我も、自分のことを話し始めた。

シャーロットちゃんがはっとした表情を浮かべた。

「……そうなのですか」

「パパとママとは血が繋がっておらぬ。村の者は皆知っておるし、特に隠すことでもない。だというのに我は、パパとママを家族であると疑ったことなどない。パパとママは、パパとママであった」

「……私もです。家族は、家族です」

「ただ世話をしてもらった分は恩を返さねばならぬと思うし、早く独り立ちせねばならぬ。だが妙に上手くいかぬのじゃ。いつも冗談と思われたりするし、真面目な話に持ち込めても『そんなに慌てるな』と言われる。でも今回は、学校に行け、外の世界を見ろと言う。不思議じゃ」

我が記憶を取り戻して竜の力を発揮したときも、我の行く末を心配していた。

確かに我は、赤子であり子供であった。

心配も掛けたであろう。

だがいずれ旅立つならば見送るものではないだろうか。

見送らないのであれば、なぜ道を示そうとするのだろうか。

「……そんなの簡単ですよ。あなたのパパとママは、あなたが大好きだからです。あなたがパパとママを大好きなように」

「おかしいではないか。ならばそのまま日常を続ければよかろう」

「好きだから成長してほしいし、旅立ってほしい。でも好きだから別れがたいし寂しい。そんな気持ちなのではないでしょうか。あなたのパパとママも、きっとあなたのように、我慢しているんだと思います」

そんな理屈に合わぬことがあるかと言い返したくなったが、できなかった。

我は、旅立ちたいけど、旅立ちたくはないのだ。

我は強くなりたい。

パパとママがおらずとも強く生きていけると証明したい。

だが別離を望んでもいない。

そんな都合の良い答えなどないとわかっていても、求めてしまう。

「……矛盾していますよね。でも、それでよいのではないでしょうか」

「そうなのであろうか」

我の疑問に、シャーロットちゃんは答えなかった。

答えてほしいわけでもなかった。

答えと許しを与えられるのはシャーロットちゃんではなく、パパとママだからだ。

「シャーロットちゃん」

「なんでしょう？」

「我はそなたの事情は詳しくは知らぬ。我の知らぬ不幸がその身に起きたのだろう」

人の世は色んなことが起きる。

我や魔物から見れば呆れるほど複雑で意味不明だ。

獣のように気高くシンプルに生きていけばよいのにと思うことがたくさんある。

だがそれでも、その複雑さの中に生まれる不思議な繋がりを、心地よいと感じるときがある。

「しかしそなたは優しい。優しいということは、そなたはきっと今の家族が好きで、今の家族から好かれているからなのだと思う」

我の言葉に、シャーロットちゃんが嬉しそうにほほえみを浮かべた。

「ありがとうございます、ソルさん」

「さんなど付けずともよい」

「では、ソルちゃん」

「うむ」

「私たち、似ているのかもしれませんね」

「……そうかのう?」

我は我の可愛らしさと強さに一点の疑いも抱いてはおらぬが、シャーロットちゃんのような楚々とした風情は持ち合わせてはおらぬ。こればかりは認めざるをえんだろう。

「私もなんだか、父上の顔を見たくなってきました。ソルちゃんみたいにたまには甘えん坊になりたいです」

「わっ、我は甘えん坊ではないわ！」

「悪いことじゃありませんよ。甘えるのも甘えられるのも、幸せなことなんですから」

「それは断固として反対するのじゃ。我は早う、甘えずに済む一人前になりたい」

「……そうですね。私も一人前になって、恩を返したいです。こうしてお友達ができたことも教えたいし、元気で頑張っていることも、見せてあげたい」

「お友達……」

そういえば、この学園にはエイミーお姉ちゃん以外に友達はおらぬ。

ゴライアスくんは犬目当てなのでお友達扱いしてよいかはわからぬし。

「そうじゃな！　我と、そなたは、今日から友達じゃ！」

我はそう言って手を伸ばした。

シャーロットちゃんが我の手を取る。

村の外で、初めてお友達ができた。

◆

シャーロットはソルと別れた後、ある場所へと向かった。

白百合のような笑みを浮かべながら扉を開ける。

「ああ、お戻りになられていたのですね、父上」

そこは、この『ユールの絆学園』の執務室だ。

この部屋の主は常に多忙で、誰かがいることは少ない。いつも『ユールの絆』の最高幹部の一人として様々な街を回り、信徒の活動の監督をしている。学園長を兼任しているといえども、その椅子に腰掛けることのできる日は少ない。

だがそれでも機会があれば常にここへと舞い戻っている。

ここは彼……学園長にして、ユールの絆最高幹部の一人、ベルグトゥーの理想を体現した場所だからだ。

「やあ、シャーロット。長く留守を任せてすみません」

落ち着きのある、渋みのある声が響く。

身長が高いだけではなく、体に厚みがある。

強さ以上に頼り甲斐を感じる姿に、シャーロットはこの上ない喜びを感じていた。

「いいえ、父上。お力になれたならば、これほど光栄なことはありません」

「その心遣いが嬉しいよ。……ところで、皆の様子は？」

「生徒の皆は元気に頑張っています。辺境からも体験入学の子が来ていて盛況です」

「『恩恵』を与えるに足る者は、現れそうかい？」

「ええ。見所のある子はいます。まだ幼く、親もいるのでこちらに引き入れるのは少々難しいとは思いますが……」

「焦ることはない。我らの理想に共感してくれるかどうかは腰を据えて考えねばね」

「はい！　それと、その、父上……お願いがございまして」

シャーロットがもじもじと恥ずかしそうに言った。

「何かあったのかい？」

「そろそろ、お仕事があるならば……と思いまして。妹や弟たちの様子も心配ですし」

その気恥ずかしそうな態度に、ベルグトゥーはにこやかに笑った。

「シャーロット。きみの願望を妹たちの願望とすり替えるのはよくないぞ」

「えへへ……すみません」

「だが、聖なる御業に邁進するのはよきことだよ」

「はい！」

ソルと話していたときとは異なる、爛々《らんらん》とした輝きがシャーロットの目に宿る。

「怠惰な人間、怠惰な魔物、ともに太陽神の裁きを与えなければならない。そのためにこそ暗黒領域を我々が手に入れなければ」

ソルフレアを太陽神と崇める『ユールの絆』。

そもそも彼らは賢神教を棄教したアウトサイダーたちであり、社会の片隅で生きる、その名に反した日陰者たちに過ぎなかった。竜の時代や獣の時代に憧れを持つ人間や、神話を読んでソルフレアの壮大さに惚れ込んだ人間のみならず、様々な理由で信仰を捨てて棄教した者たちや、故郷を追われた者、家をなくした者たちの寄り合い所帯だった。

そんな彼らを纏め上げ、神殿を建て、学校を経営し始めたのがベルグトゥーだ。

街の人々からは不良や愚連隊を更生させた篤志家であり、『ユールの絆』の教徒たちにとっても頼れる指導者だ。

だが彼には、野望があった。

「弟、妹たちは順調に入り込んでいる……が、予想できない変化が起きつつある。彼らへの援護となるが……できるかね？」

「もちろんです。何度も潜っていますから」

「焔《ほむら》から報告が上がってきた。どうやらラズリーが何者かに倒されたようだ」

シャーロットは、その言葉に驚いた。

「まあ……どこかの小国が戦争でも仕掛けたのですか？」

「いいや。新興勢力のようだな。竜の力を使うことに間違いはないようだが、死体啜りの森にいる者しか姿はよくよく見ていない。ラズリーの配下たちは皆、新たな森の主の配下となった」

「竜の力、ですか……」

「ソルフレアを騙《かた》ってラズリーを騙し討ちし、手下の魔物たちを隷属させた邪悪な魔物だという噂もある」

「なんと不遜な……捨て置けません」

「焔は単独で死体啜りの森に行くようだが……不測の事態も考えられるだろう」

「しかし私と焔が共に行動するとなると……少々、手荒なことになると思いますが。森が燃えてしまうかも」

「もちろん構わないさ。太陽神に与えられた恩恵、存分に振るいなさい」

彼は、太陽神の預言者……神の言葉を預かる者と呼ばれている。

同時に、神の力を預かっている。

己を信仰に力を分け与える、大自然の化身にのみ与えられた偉大なる力……力を与える力だ。

ベルグトゥーの右手が光り輝き、その手がシャーロットを優しく撫でる。

「……ふむ。しっかりと鍛えているようだね。貢献度も十分だ。位階《レベル》を上げても問題はあるまい」

「あっ……ああ……ありがとう……ございます……！」

【覚醒《アウェイクニング》】

そして光は、シャーロットへと吸い込まれていく。

「……赤き手と言われているようだが、君の手は美しい」

光がやがて治まる頃には、シャーロットの体には獰猛なまでの力が宿っていた。

「さて、それでは門を開こう。そして穢《けが》れた者共を蹂躪《じゅうりん》してくるんだ」

ベルグトゥーが指を弾くと、その部屋の鏡に不思議な光景が写りだした。

その先にあるのは鬱蒼とした森があった。

異なる世界に繋がっているかのような奇妙な光景に、シャーロットは獰猛な笑みを浮かべた。

「はい、父上の御心のままに。そしてユールのために」

シャーロットは制服を脱ぎ、仮面を被る。

そこに、ソルを慰めていたときの慈しみ溢れた姿はなかった。

◆

草木も寝静まる静かな月夜。

だが暗黒領域においては夜とて油断はできず、領土の境界線に関所を設けて不寝番が立っている。

「あーあ、ねっむ……」

「おい、油断しすぎだぞ。またラズリーが襲いに来るかもしれないんだ」

「けどしばらくは来ないだろ。あっちは長命種だし、俺たちの寿命が尽きるまで隠れてりゃいいんだからよぉ」

「わからねえぞ。どっかの勢力とつるんでこっちを攻撃してくるかもしれねえ。あいつには花や果実があるんだ。残ってた分は燃やしたが、あいつが隠し持ってたり新しく実らせたりするかもしれねえって、注意喚起してたじゃねえか」

「そりゃそうだけどよぉ……」

そこで、槍を携えたゴブリンたちが雑談に耽っている。

一人はやる気がなく、もう一人はそんな態度に苛立たしさを感じていた。

「それに最近は妙な連中が多い。気を付けろよ」

「わかってるって……。でも今まで一度も攻められたことはないじゃないか。つーか攻めてくるにしても何を目当てに攻めてくるんだよ」

「別に、目当てなんてないよ」

「誰だっ!?」

森の暗がりの奥から、誰かが現れた。

声は、まだ若い。

背も小さい。

どことなく少年のようではあるが、それ以上はわからない。

顔は仮面を被っていて異彩を放っているはずだが、妙に特徴を捉えにくい。

更にはマントがその姿を覆い隠している。

人間なのか、人間に似た魔物なのかも区別がつかない。

「旅人……じゃねえよな」

「どこの者だ！　答えろ！」

「こうしている理由は色々とあるんだ。あるんだけど……今、ここ、あなた方である理由はないんだ。だから僕が誰で、何しに来たかも説明してもしょうがないし」

どこか浮ついた言葉でありながら、ゴブリンは妙な剣呑さを感じていた。

即座に殺しに来るような暗殺者や戦士の風格はない。

だというのに不思議な威圧感がある。

「ご、御託を言う割に、大した魔力はなさそうだな……」

「ラズリーの実でも食べたんじゃないか、こいつ」

「無礼だな君は。妖樹と話すなら妖樹の実を食べないなんて当たり前じゃないか。いや、それさえもできなかった種族に言っても仕方ないか」

「てっ、手前！」

「馬鹿落ち着け！」

「それは、僕を攻撃しようってことでいいんだね？」

ゴブリンの一人がいきり立って槍の刃を少年に向けた。

だが少年は焦ることなくマントから右手をゆらりと出す。

その手には何もない。

剣もなく、杖《つえ》もない。なにより魔力がない。

その少年の不気味さに気圧《けお》されてはいても、純粋な強さにおいてゴブリンたちが劣るはずもなかった。

だが少年の指が鳴った瞬間、槍を構えたゴブリンが燃え上がった。

「うっ……うわああ……！　熱い、熱いぃぃぃ……！」

「な、なんだ、どうしたんだよお前……」

攻撃魔法を放つときは魔力を高め、呪文を詠唱する。

よほど魔力が高く、魔法そのものに精通していれば呪文を省略しても発動するが、魔力を隠すことはできない。魔力を隠蔽《いんぺい》することもできるが、呪文を唱え、儀式として成立させるなどの下準備が必要だ。

どちらにも該当しないこの炎の前に、ゴブリンはただ戦慄していた。

味方が燃えている光景を見て、自分の皮膚が焦げるのさえ無自覚であった。

「助けなくていいのかい？　ま、いいや」

少年の嘲笑めいた言葉に、ゴブリンはハッとしてようやく正気に立ち返った。

「てっ、敵襲ー！　敵襲だー！」

「うるさいよ、まったく」

そしてまた、何の前兆もなく炎が放たれた。

◆

シャーロットちゃんと話して、なんとなく気分が落ち着いた。

トイレを済ませ、ベッドにもぐりこむ。

エイミーお姉ちゃんのいびきもちょっと静かになった。

……大丈夫じゃよな、呼吸しておるよな？

いびきしている人のいびきが突然止まるとちょっと不安なんじゃが。

「わん……！」

「おおう、部屋に入ってはダメではないかミカヅキ。静かにせい。どうしたのじゃ」

まだ太陽は出ておらぬ。

眠りに入ってから二時間といったところであろうか。

ミカヅキは寮の玄関で毛布を与えられて寝ておったが、ここに入ってはならぬと教えられていたはずだ。まったく、我が怒られてしまうではないか。

「わん！（それどころじゃねえ！　死体啜りの森が攻撃されてるぞ！）」

「なんじゃと!?」

「くうーん（即席で転移魔法陣を作ってお前を飛ばす。準備しろ）」

ミカヅキは、恐らくどこかの備品と思《おぼ》しきチョークを持ってきた。

これで床に魔法陣を描けということであろう。

でも我、こういう魔法よく覚えておらんのじゃが。

「わんわん（そうそう、大自然の化身の紋章を描くんだよ。あとは月が出てるから俺の方でフォローする）」

「頼んだぞ。しかし犯人は誰じゃ。よもやラズリーが……」

「わぉん（いや、どーも違うみてえだな。森が燃やされてる。妙な人間だそうだ）」

「森の木に火は付かぬであろう」

「わんわん（森の防護を突破してるんだよ。本格的な山火事になるかもしれねえ。ヤバいことになるぞ）」

「なんじゃと……！」

暗黒領域においては森林も大事な魔物たちの棲処《すみか》である。

火属性の魔法の禁止を突破して火事を目論む放火は、流石に禁じ手と言えよう。というか人間社会においてもかなりの禁じ手だ。これをやられたらシャインストーン開拓村とて、村総出で放火犯を何としても縛り上げる他なくなる。

「……強いのか？」

「わん（文句なしにな。下手な魔法使いや精霊より厄介だろうよ。ジェイクも負けそうだ）」

ジェイクは伸びしろのあるやつだ。

我が主になってからは必死に鍛錬をしておる。

今ではラズリーに勝ちはせずとも、かなり食らいつくことはできるであろう。

「よかろう。門を開けよ」

魔法陣に魔力が宿り、うっすらと輝く。

これで暗黒領域まで一っ飛びじゃ。

「くぅん（偉そうに言ってるんじゃねぇよ、ったく。魔力は抑えろ。人間はどこに勘のいい奴がいるかわからん。気付かれるなよ）」

「わかっておるって」

「わん！（じゃあ飛ばすぞ。俺はこっちで待ってるから、終わったら呼び戻す。油断するなよ！）」

◆

黒煙が立ち上り、焦げ付く臭いが立ちこめている。

枯れ木や落ち葉、草花が燃え、そこかしこで火の粉が舞っている。

死体啜りの森の木々にはまだ燃え移ってはいないが、これでは時間の問題だろう。

「みっ、水！　水をくれ！」

「助けてーっ！」

ゴブリンたちの悲鳴が響く。

誰もがパニックになっているが、まだ大丈夫だ。

死の香りはせぬ。

ただこのままではパニックになって訳がわからぬうちに敵に殺される。

いや、それならばまだよかろう。

闇雲に剣を振っての同士討ちさえありえる。

すでに日は落ちており、炎に照らされる影は誰にとっても恐ろしい。

誤認と悲劇が起きる。

「あっ、ソルフレア様！」

「たっ、助けてくれ……このままじゃ森が燃えちまう……！」

「子供も火傷して……どうすれば……」

我を見つけたゴブリンたちが集まってきた。

満身創痍《まんしんそうい》の者も多い。

だが、幸いにも死者はおらぬようだ。

「……落ち着くのじゃ皆の衆。ここは森であり湿地じゃ。ラズリーが植えた木は特に火の回りが遅い。寝床や小屋は諦めて沼に逃げよ」

自分の棲処をそう簡単に諦められるものではないだろうが、戦えぬ者や、火を消すのに邪魔な者は逃げてもらわねば困る。
だが、そう言われても動けぬのが人や魔物の性《さが》だ。
この森はゴブリンたちの故郷となりつつある。
我とて、シャインストーン開拓村が燃えたら平常心ではおれぬであろう。
地獄絵図、といってよかろう。
驚きはしなかった。
このような光景を見たことがある。
それも他人がやったことではなく、我の行いとして。
我が何もわかっていなかった頃を思い出す。
自分がどれだけ強大だったのかも知らずに咆吼を放ち、気まぐれに起きて眠る日々を。
その自儘《じまま》な生活の下で大地は荒れ果て、多くの生き物が息絶えた。
世界とは、そんなものだと思っていた。
だが、違った。
どれだけ世が廻ろうとも枯れた地には新たな命が芽吹き、小さな営みを始める。
その小さな営みの中には、理不尽に抗う熱き血潮がある。
弱気を守る愛がある。
一つ一つは大いなる自然の前に吹けば飛ぶような命かもしれない。

誰もがいつの日にか死に絶えることだろう。

だが生命の循環を壊すことは決してなかった。

勇壮なる者は、決して我ごときに心折られることはなかった。

すぅと息を吸って、吸って、吸い続けて、肺を膨らませながら空を飛ぶ。

「【竜身顕現】」

「竜の声は天を引き裂く鳴動なり……【竜声《りゅうせい》】」

肺と喉《のど》を竜化させる。

竜の声とは即ち雷鳴であり、季節の終わりと始まりを告げる声であり、大いなる世界の意思である。

生きとし生けるものはすべからく我が声に耳を傾けよ。

「うおーーーーちーーーーつーーーーーーけぇーーーーーーー！！！！！」

我の声が千里を響く。

赤子がぴたりと泣き止《や》んだ。

野良犬の遠吠えが止んだ。

あまりの声の大きさに、気を失った者の目が覚めた。

火に水を掛ける者、怪我人を手当てする者の手が止まった。

槍を持って放火犯を探す者や何をすればよいかわからず右往左往してる者の足が止まった。

この森にいる者すべてが我を見た。

「怪我をした者、そして子らよ。東の沼に行け。動ける女は桶に水を汲《く》め。男は桶を受け取って火を消し止めよ。そして燃え移った建物は諦めて壊せ」

我の声に、皆が弾かれたように動き出した。

ふう……村の集会で「火事の注意」って話を聞きかじっておいて本当によかったのう。

だが、ここからは教わらなかったことをやらねばならぬ。

「そして……お前。そう、そこの、顔を隠しているお前じゃ」

我は、その男の顔を見た。

いや女か？　仮面を被っているからよくわからぬ。

女っぽくはないから男ということにしておこう。

明らかなのは、その右手に炎がめらめらと燃えておることだ。

紛《まご》うことなき放火犯である。

その近くには倒れ伏したゴブリンたちがいた。

身を挺して止めようとしたのであろう。

「……火付きが悪い……全然燃えてない。これだから暗黒領域は嫌いです」

マントを羽織った仮面の男は、案外背が小さい。

声は老いているのか若いのかもよくわからぬ。

かなり強力な認識阻害を使っておるな。

……っと、我も認識阻害をかけておくか。

「竜の鱗よ、わが身を守れ……【竜鱗《りゅうりん》】」

普段は盾のように使っている鱗を、少し形を変えて具現化した。

あやつらが付けている仮面と似たような形にして顔に嵌《は》める。

「我が名を知らぬ者は真なる姿を覗《のぞ》くこと能《あた》わず……【認識阻害《にんしきそがい》】」

確か認識阻害の魔法はこんな感じであったな。

仮に我のことを知っていたとしても、今の我と、記憶の中にある我が結びつかぬはずじゃ。まあ逆に言えば、あの連中の姿を我が知っていても気付かぬわけではあるが。もっとも、知り合いのはずもあるまいか。

「……何者ですか」

「それを問うのは少しばかり遅かったの」

我は放火犯の前に舞い降りる……前に、近くの倒れ伏したゴブリンたちのところに来た。

「うぅ……すまねえ……止められなかった」

「よい。生き残ったならばそれも勝利よ」

ジェイクは黒焦げだ。

これで死んでないのが不思議なくらいであった。

「太陽の光よ、生命《いのち》を育みその傷を癒せ……【サンシャイン・キュア】」

ジェイクの体が光に包まれ、黒く焦げた皮膚が生まれ変わっていく。

やはり隠蔽《いんぺい》のようなテクニカルな魔法より回復魔法や攻撃魔法の方が楽しいの。

「……すまねえ！」

復活したジェイクが槍を持って立ち上がり、我の前に立った。

「よい。よく立ち向かった。我が代わろう」

「気を付けろ……やつは、魔法使いじゃない」

「む？」

「何がなんだかわからねえうちに燃やされた……っ来るぞ！」

ジェイクの言葉と同時に、謎の少年が我に右手を突き出した。

その瞬間、我の体が突如として燃え上がった。

「あなたが新しい森の主だね……しかも大いなる神を僭称《せんしょう》しているとは度しがたい。燃やし尽くしてあげよう」

「ソルフレア様！」

火の柱が勢いよく燃え盛る。

うむ、これは、少々熱い。

「確かにこれは不可思議じゃな……魔力がまったく感じられないのに燃えておる。しかも杖や手から火を出したのではない。突如として炎が現れた」

我はすでに竜の魔力を身に纏っている。

以前、ラズリーと戦ったときよりも少し精度が上がった。無駄な魔力の放出を抑え、薄い膜のようにして身を守っている。皮膚はもちろん、服も、髪の毛の先端さえも、ダイヤモンドのように硬く絹のようにしなやかで動きを妨げることもない。服を燃やして怒られることもないしの。

「な、なんなんだ、あなたは……どうして僕の炎が効かない……!?」

「なるほど。魔術的な防御を貫いて発火させる力であるがゆえに皆、黒焦げになっておったか。これは……よもや、一種の異能の力かの」

「くっ……舐めるなよ……」

「やめておけ。恐らく脳に負荷が掛かる。死ぬぞ」

我の制止も聞かずに少年は再び右手を突き出した。

その手の先の空間が、ねじれる。

青白い炎がうねり、球体と化した。

いや、青色さえも消え果てて、ただの閃光《せんこう》となる。

「凄まじい炎じゃ。これは下手な高等魔法よりも凄かろう。王にも匹敵するやもしれぬ、が……」

「怖気《おじけ》づいたか……！」

「なんで我がそんな技をボサッと見ておらねばならぬと思う」

爪を剣のように伸ばして斬撃を放つ。

少年の右手が宙に舞い、鮮血が円を描いて飛び散る。

「あ……え……?」

「直球勝負を受けて立つのはよいが、服が焦げるのは困るのでな。それに森を燃やすそなたの勝負など受ける義理もないわ」

少年は呆然として、宙を舞って地に落ちた腕を見つめていた。

そして何が起きたかを理解し、絶叫した。

「ぼ……僕の、腕がぁ……腕があああああ!」

「あまりにも大きな攻撃力にあぐらをかいて奇襲ばかりしていて、尋常な立ち合いの経験が薄い。火属性の魔法使いにありがちな傾向だが、そなたは特に強いようじゃな」

そして不発となった炎の弾を受け取って圧縮する。

凄まじい熱の塊を、ひょいと口の中に入れた。

「な、なっ……なにを……!?」

「火は竜の餌。だからこそ火山や太陽こそ竜の巣である。知らぬのか?」

他人の魔力によって生まれた炎は取り込みにくいが、異能で生まれた炎は自然の炎に近い。うむ、悪くはない。

「ば、化け物……」

「我のような美少女を異能使いが化け物扱いするとは、なっておらんな」

異能、という力がある。

魔物には恐らくない。人間や一部の獣だけが偶発的に持ちうる力だ。

血筋などには関係なく、数百万人や数千万人の中に一人程度の稀《まれ》な確率で、突然現れる。

理由はわからぬ。獣人や竜人、あるいは魔物のように、この世界に適応した存在にはない、進化の可能性の発露であるとも言われるが、定かではない。

そして総じて強い。

同時に、強すぎるがゆえの脆《もろ》さを抱えている。

「ふっ……ふざけるなぁーッ！」

敵意をぎらつかせて我をにらみ、なくなった腕を我に向けた。

心折れぬのであればあっぱれだが、どうもそうではなさそうだ。

「よせ。暴発するぞ。恐らく右手で照準を付けているのであろう?」

「そんな未熟者と一緒にするな……！」

「なにっ!?」

炎が溢れ出たと思いきや、それは我に襲いかかるまえに凝縮し、一つの形となった。

腕だ。

失った腕を炎で補っている。

「もうよせ……本当に死ぬぞ。我がおぬしの仇というわけでもあるまい」

「……『新世界の子』のために」

「『新世界の子』？」

聞いたことがない。

人の名前か、組織の名前か……。恐らくは後者かの。

「食らえ……！」

炎の手で拳を固く握り、思い切った大振りで我に襲いかかる。

その膨大な熱と拳の大きさは凄まじい威力を孕《はら》んでいる。

先ほど、我を燃やしたときの倍以上の力があるだろう。

失ったものの大きさと痛みで、レベルアップしたのやもしれぬ。

「……それでもまだ甘い。獣のように心を振り切れてはおらぬ。どうせなら指を開いて握りつぶすように焼けばよいのだ。その範囲の広さを利用して逃げ場を塞ぐ方が理に適っているであろう」

「ぐっ……!?」

炎の拳を受け止め、爪で切り刻む。

これならば勝てるという決意の形ならば、それごと潰す。

奴は炎を飛ばして爪を防ぎ、あるいは陽炎《かげろう》のように揺らめいてこちらを幻惑する。

一合、二合と爪と爪を合わせる。

急ごしらえの戦闘にしてはセンスがあるが、無駄だ。

「ぐわっ……！」

炎の拳を放出する力が弱った隙に、胴体を殴りつけた。

やつの体は衝撃を殺せずに、真後ろの巨木に叩きつけられる。

「敗北を認めるならば目は残してやろう。異能は魔法より制御が難しい。感覚器官による制御を失えばお前はお前の炎で焼かれるぞ。お前はお前の中の世界にしか見えなくなるからの」

爪を、こやつの眼前に突きつける。

あと一ミリでも踏み込めば眼球に突き刺さる距離だ。

「ひっ……」

「……わかるな？　これは温情であるぞ。頭を垂れ、命乞いをしろ」

失った腕も繋いでやってもよいが、それは森を燃やすという罪への償いが済んでからの話だ。

「そこまでですよ。下がりなさい」

そのとき、凛とした声が響いた。

「……赤手！」

少年の声は、救われたにしては妙に怯えの混ざったものであった。

「焔。お父様を困らせるつもりですか？」

現れたのは、少年と同じように仮面を被った者であった。

姉と呼ばれているからには女なのであろう。

こやつも認識阻害を使っていて特徴がよく掴めぬ。

「余所見をするな。命乞いをせよと言うておる」

だが我は、姉と呼ばれた者を無視して話を続けた。

「な……なんで両方から喋りかけるんだよクソッ！」

「焔、姉さんの質問に答えなさい」

「命乞いせぬのじゃな？　ならばその両の目を頂く」

我が踏み込んだ瞬間、女の体が消えた。

気付けば吐息の当たる距離に女の顔があり、そして浮遊感を感じた。

女が足を踏み込んだ重圧で、周囲の大地が砕けたのだ。

確か、震脚、という技であった。

本来は踏み込みの力を拳に伝えて爆発的な威力を発生させる予備動作ではあるが、予備動作自体が一種の攻撃となっておる。

「邪魔です」

「ぬぅ……！」

そして本命の攻撃が来た。

手のひらをそっと当てるような、丸みを帯びた柔らかい動作ではあるが、神速で放たれたそれは我の防御を粉砕し胸部を貫く。

「っ……！」

心臓を打たれて一瞬呼吸が止まった。

始めの一打で、迷いも油断もない必殺の一撃を放ってきた。流石だ。

「焔、状況を説明しなさい」

「赤手……」

「姉さん、でしょう？　……悪い子ね。折檻が必要かしら」

少年――どうやら焔というらしい――が、びくりと震えた。

「ら、ラズリーが敗北した話を聞いて……それがどうやら、ソルフレア様を僭称する悪党が支配して、この世界の征服を企んでるって……」

「それで、様子を探るために森を焼いたの？」

「そ、それは」

「これだけやっておいて負けたのはどういうこと？　お父様が恐れられるのは構いませんが、お父様が侮られたらどうするつもりなの？」

ぱぁん、と音が鳴る。

赤手と呼ばれた女が焔の頬をひっぱたいた。

ただの軽い平手打ちではない。

腕の力だけで叩いているように見えて、足の踏み込み、肘と手首の回転を威力に変換している。

腰と肩の回転だけを抜かしているだけでそこらの大男の拳などより遥かに強かろう。

「残酷な手段を取るならば一人も打ち漏らさずに絶対的な勝利を得なさい。それができないのであれば残酷な手段を取る資格がありません。姉さんの言ってること、わかりますね？」

「ぐ……ぶは……」

恐らく、顎の骨が砕けた。

あれではまともに思考などできまい。

「ああ、でも生きていてよかった。報復を受けて拷問されて死ぬなんて普通にありえるんですからね。ここは暗黒領域なのですから気を付けなければいけませんよ」

「ふぁ、ふぁい……」

「腕は止血しましたよ。後でちゃんと元通りにしてあげますから安心してくださいね。恐かったですよね。お父様も、わたしも、あなたを愛しているんですよ。だから心配を掛けないで」

口から血を流す焔を、赤手が優しく抱擁する。

ママとはまったく違う愛の形におぞましささえ覚えた。

「恐怖を叩き込み、愛で縛り付ける。なんと恐ろしいことよ。我、おぬし嫌い」

我は立ち上がって埃を払い、女に向かって話しかけた。

すると女は、ぴたりと止まって我を睨み付ける。

「心臓を打ったはずですが……」

「狙いは外れておらぬよ」

今、我の心臓は竜化している。

もっとも、それでもダメージは通った。

立て直すのに数秒は要してしまったが。

「ま、そこはどうでもいいです。それより、よくも可愛い弟を痛めつけてくれましたね。弟の愚かな行為に罰を与えるのは止むをえませんが、殺すつもりであればこちらとて容赦はしません」

なんか思ったよりヤバいのが出てきおった。

「……酷い目に合わせたのはそなた自身であろう」

「話を逸《そ》らさないでください」

逸らしてないのだが？

こんなやつと喋りたくないという気分が沸き上がる。

殴るのを愛と思うような変態と話すのは一分一秒だって嫌だ。

こんな姿の弟を連れ帰って、我にやられましたとでも言うつもりであろうか。

……いや、それが狙いか？

「ここで弟が命乞いをしたら、恐らく『新世界の子』とかいう組織は許さぬのだな。そして手傷が少ないままでは格好がつかぬ、そういうことか？」

「……任務の失敗は重罪です。その上、腕を飛ばされた程度で命乞いをしたなどと知れたら、二度とこうした働きはできないでしょう。それは我らにとって死より辛《つら》いもの。魔物にはわからぬでしょうが」

「それこそが敗北だ。戦うならばいつかどこかで敗北が訪れる。屈辱を噛み締める。それが今日であっただけじゃ」

「いいえ、負けていません。焔は強い子です。『新世界の子』は、何度だって立ち上がります」

焔という少年の戦意が消えなかった理由が、なんとなくわかった。

何かを盲信している。

勇気の在処《ありか》を、信心を植え付けたものに委ねている。

「……戦士として生かすために愛を囁きながら、心挫けた者を殴り続ける。そんなもの、愛ではない」

「暗黒領域のような穢れた土地に生きる者には、人の崇高な愛などわからないようですね。どうせ親に愛されることもなく、森や荒野で獣の肉を漁って生き延びたのでしょう。ああ汚らわしい、汚らわしい」

「……言うたな？」

「言いましたが」

「戦士として敵を罵倒したり啖呵《たんか》を切るならば構わぬ。そういうものよ。だが我が親の愛を侮辱するならば、生半可な懲罰では許されぬぞ」

「やってみなさい」

女はそう言うと、すぅーーーーーーーーーーーーーと息を吸い込み、そして深々と、いつまでも続くのかと思うほど長く息を吐く。

そして、ゆらりと構えた。

激情を抱えた人間とは思えぬほど、その動きは流水のようによどみない。

細いように見えて足腰はどっしりとしていて、揺るぎない。

「疾《シャ》ッ！」

再び距離を詰めた。

焔という少年と同じように魔力の動きがない。

同じような異能か……いや、違う。

「重い……だが、これは異能ではなく純粋な技か」

凄まじい踏み込みからの爆発的な威力の打撃が脇腹を襲う。

その瞬間に、拳を防げる程度の小さい鱗を発生させ盾とした。

「なにっ……？」

盾がその拳の威力によって破壊される。

だが貫通した後の拳の威力など痛くも痒《かゆ》くもない。

「分厚く堅牢な盾を生み出したとしても、恐らく内部へ衝撃を伝達できるのであろう。それゆえに我の心臓に衝撃を与えられた。だからこうして打点をズラすだけで無効化できる」

「なっ……!?」

「どれ、こういう感じか?」

自分自身の重さすべてを使って大地を踏み締め、更にその力を伝達して拳に伝える。

複雑な形をした人間が、その五体を武器とするための合理的な結論。

力を流動させて一点に集中し爆発させる。

「ぐっ……」

先ほどの我のように、今度は女の体が吹き飛ばされた。

「面白い技じゃ。色々と応用が利きそうじゃな。学ぶことが多くて助かるぞ」

力の流動と同時に、体の内部を巡る魔力を放出しても面白そうだ。

だがこれを自在に放つのは少々難しいやもしれぬ。

不意打ちだったから上手く当てられたが、警戒されてしまったな。

「もっとも、おぬしが無事であればの話だが……どうじゃ。まだやるか?」

あばら骨を折った感触はあった。

回復魔法を使うにしても呼吸も難しかろう。

詠唱を省いて自分を治療できるほどの術者かどうか……おや?

「よくもやってくれましたね」

女は立ち上がって、凄まじい敵意を燃やして睨んでくる。

打撃を当てた個所から血は出ていない。

これも……魔法ではないな。

再生力の強い昆虫や爬虫類《はちゅうるい》の魔物に近い。

「なるほど、自己再生の持ち主か。それも異能の一種じゃな」

「位階を上げてもらわなければ耐えられませんでしたね……。ですが、もう手加減はできません よ」

またしても深く深く、どこまでも深く息を吸い込む。

肺の鍛え方が尋常ではない。

いや、足、腰、体幹はもちろん、体の奥の奥まで鍛えこんでいるのがわかる。

先ほどの焔という少年とは一味も二味も違っている。

「肉体をどこまでも酷使できるがゆえに、常軌を逸した修錬を積み重ねたのじゃな……最初から肉体に恵まれている者には成しえぬ技よ。おぬしは大嫌いじゃが、おぬしの研鑽は敬意に値する」

「ハッ！」

嵐と思うほどの息を吐きながら再び距離を詰めてきた。

真似事ではあやつは打倒できぬようだな。

翼を広げ、爪を伸ばし、鱗の防御を張りながらこちらの得意とする間合いで戦うのが上策。

しかし。

「我が腕は槍。夜明けの光のごとき一瞬の煌めき」

もう少し遊んでやろう。

ママの槍技を思い出しながら貫手による刺突や手刀による斬撃を放った。

それは大地や樹木ごと斬り裂き、生身の人間には到底防御はできぬ。避けるしかあるまい。

ママのような超絶技巧のホーミング性能はないが、純粋な威力は上回っておる。多分。

「なにっ!?」

だが、驚いたのは我の方であった。

あやつはあえて斬撃を腕で受け止めて防いだ。

肉を割き、骨を断つ感触が手に広がる。そして完全に切断してしまった。気持ち悪っ。

「……破《ハ》ッ！」

だが本当の驚きはここからだった。

切ったはずの腕の断面から、骨が伸びた。

血管と神経が束となって骨の周りに絡みつき、肉が生み出され、やがてつややかな肌が覆う。

ほんのわずかな時間で、腕が完全に再生しておる。

「なんじゃそれ!?」

「よそ見をしている暇がありますか！」

そして切断された方の腕を握手するように掴んで、まるでブーメランのごとく投げ飛ばしてきた。

まだわずかに持ち主の意思が通じるのか、それは我の体に絡みついて首を絞めようとしてくる。

「小癪な……！」

「しゃっ！」

我が腕を引き剥がした瞬間、足の母指球《ぼしきゅう》を支点に独楽《こま》のように回転し大鉈《なた》のような左足を放ってきた。もはやこれは打撃ではなく斬撃だ。まるで意趣返しのごとき技。

「ぐっ……」

重く、速い。

我の手刀ほどの鋭さはないが威力は遜色あるまい。油断をすれば首ごと持っていかれそうな凄まじい蹴りだ。

「どうしました！　その程度ですか！」

向こうも、距離を離せば我にやられると感付いている。

必殺の蹴りの後も、舞踏曲を踊るような脚さばきで蹴りを放つ。

不安定な体勢でもまるで揺るがない。

盾として放った鱗が破壊され、こちらが防御態勢を整えようとすると懐に飛び込んで勁《ちから》の込められた拳を放つ。

瞬間的に盾を放つが、向こうもこちらの動きを読んでいる。

芯を食う一撃を食らえば、我とて昏倒しかねない。

「ははっ……！　凄い、凄いぞおぬし……！」

「なんですか、その動き、その体は……！」

「こちらのセリフよ！　トカゲの尻尾《しっぽ》のような体をしおって！」

だが、こちらも体が温まってきた。

【竜身顕現】によって生み出された竜の血がようやく全身に巡ってきた感覚がある。

鱗を使わずとも、蹴りを防ぎ反撃もできる。

「あなた……ただの竜人ではなさそうですね……」

「いいや、これこそ竜人、そして【竜身顕現】の真の力。心臓と血を竜のものに変えてからが本番よ」

「御託は結構です……ぐっ！」

縦横無尽に爪を振るう。

斬撃の雨を降らせて細やかな傷を無数に生み出すと、女の連撃がようやく鈍った。

一手一手の速度は落ちてはいないが、打撃の組み立てのリズムが乱れ始める。傷を癒やしたり腕を生やすのも決して代償がないわけではないのだろう。精神力か体力を持っていかれている。

勁《ちから》のない打撃をフェイントではなく放ってきた。

そんなものは弾くまでもない。

「ちいっ……！」

「先程食らっておいてよかった。人の身の体の動かし方というものを学ばせてもらったぞ。感謝せねばな」

蹴りは、こう。

脱力して体の中心軸を意識し、体を倒すことなく脚を回す。

我は腕を剣として使うのが好みであるが、脚も同じことだと今、理解できた。

そして思い描いた通り、剣を振るうような丁寧さで放った蹴りは、女の胴体に綺麗に当たった。

「ぐああああああーっ！」

女はブロックこそ成功したが、威力を殺せずに吹き飛んでいった。

そして受け身さえ取れず木の幹に激突した。

怒りの形相で折れたであろう骨を治して戦意を昂《たか》ぶらせる。

わかっておるとも。この程度で終わるはずがないと。

「じゃっ！」

大樹を背にした女に、拳、肘、膝、頭突き、そしてまた拳を連打してダメージを蓄積させる。

幹が悲鳴を上げる。枝が揺れ、葉を落とし、みしみしと音を鳴らす。

女の体が樹木に埋もれるように、樹木そのものが歪んでいく。

「舐めるなッ！」

とどめの一撃を放とうとした瞬間、幹が折れた。

いや、女が背中と肩を使って大樹に打撃を放ち、その爆発的な威力で幹を折ったのだ。

殴られながらも呼吸を整え、この瞬間を狙っていたのだろう。

「なにっ!?」

崩れ落ちる大樹を掴み、自分の腕の筋繊維が切れるのも構わずに大棍棒《だいこんぼう》の如く我を叩いた。

あまりの蛮行に目眩《めまい》がしてしまう。

「そこです！」

凄まじい怪力で大樹を投げつける。

「ちぇりゃあ！」

投擲《とうてき》は陽動。避けた瞬間を見極めて必殺のカウンターを放ってくるつもりであろう。

だから、それごと撃ち抜く。

「……竜夏槍術奥義！　灼光！」

どこまでも真っ直ぐに、呼吸と力を集中して貫手……指を揃えて正面を突く。

それの威力は大樹を貫通し、その向こう側にいる女に襲いかかる。

「ぐうっ……！」

もう一撃、と踏み込んだところで何かが我の額に襲いかかってきた。

拳。

あのとき振り落としたはずの、女から切り落とされた腕だ。

大樹によって視界が覆われた瞬間に拾ってもう一度投げつけてきたのだ。

「我が血、我が肉よ、魔力を見たし蹂躙せよ！」

そして、腕が爆発した。

肉体の再生力を暴走させて、爆弾と化したのだ。

「凄まじい……獣よりも獣らしいぞ」

爆発のダメージは大樹の投擲などよりも遥かに大きい。流石の我も傷だらけだ。これが本命であったか。もしこやつが全身の再生力を暴走させて我に絡みついてきたら心中してもおかしくはない。

その発想、そして発想を生む猛々しさに感動さえ覚えた。

「ぐっ……」

だが女もまた、満身創痍だ。

二度目の斬撃を食らった上で再生するのは、相当な力を消費しただろう。

「この程度で倒れるほど柔ではないのはわかっている。さあ、立ち向かってくるがよい」

女は、よたよたと震える足で大地を踏みしめた。

我も似たようなものだ。

早くも終わりが近付いている。

お互いに威力が高すぎて加減が利かぬ。

同時に、何としても敵を倒すという決意に満ちている。

「ふっ……ふふ……。久しぶりですよ、挑戦者として戦うのは。位階《レベル》のあがった私の身体でさえ、衝撃に震えていますよ」

「傷は再生するとしても、その速度が間に合わなければ死ぬ。それでも来るか？」

女は、拳を構えた。

それが答えだ。

すでに傷は癒えたようだが、ダメージは明らかに残っている。

再生をするのに体力や精神力を消費しているはずだ。ここから先は命のやり取りになる。

それでも屈することなくその身すべてを武器とし、あらゆる敵を貫く槍と化すような純粋さを保ち続けたままだ。指が折れようと、膝が砕けようと、その身を癒して果てのない探求と修練を積み重ねてきたのであろう。

時折、こういう人間が現れる。

そしてこういう人間でなければ、我を脅かすことはできない。

つまりこの者は我を倒してのけた勇者と同じく、我の敵なのだ。

「太陽竜の咆吼は声であり光。眼と耳を閉じ、頭を垂れよ……我が名を冠する絶技、原初の炎【ソルフレア】」

この女と拳を重ねて、なんとなくわかってきた。

人間としての我の肉体を動かす術理は奥深い。

ただ表面をなぞって真似るだけでは深奥に届くことはない。

ママより強い斬撃が放てるとうぬぼれていたが、それで誰かに勝てるわけではない。謙虚に学び、敵に敬意を抱き、薄い皮一枚一枚を丁寧に積み重ねて、技に至ることがなければ目の前の相手に敗北することだろう。

より鋭く、より速く、より熱く。

そしてより深く息を吸い込み、地獄の底まで出し切る。

「お前を見ていたら、どう呼吸し、どう肉体を駆動させればよいか、掴めた気がする。ただ竜となったその身を漫然として使うだけでは駄目なのだ。練りに練って、解き放たなければならない」

太陽魔法【ソルフレア】は、太陽そのものを我を通してこの世界に生み出す魔法だ。

竜であった頃は、それを口から放ち敵を焼き払うようにして使った。

心臓を矢で穿たれたときも、その穴から漏れ出した熱と光をぶつける攻撃魔法として扱った。

だが、あの女を見ていてわかったことがある。

人間の力の源は、吐息であり呼吸だ。この女の特技はただ再生するだけではない。攻撃に入る瞬間、そして防御する瞬間、必ず息を常人の数倍、あるいは数十倍ほど吸い込んで、それを吐ききって戦闘態勢に入る。

そうして得られる血の循環は心臓の鼓動を昂ぶらせ、爆発的な力を生み出す。

それを我が真似れば、心臓から全身に送り出されている炎を無駄なく攻撃力に転ずることができる。

全身に送り出す方が強く竜の力を使えるのであろう。今の我にとって、呼吸を熱や力に変えることが竜の吐息《ドラゴンブレス》だ。

「我が両腕は今や太陽に等しいぞ。恐れぬのであれば掛かってくるがよい」

体内に巡る力を両腕に集中させせと、真っ白い輝きを放ち始めた。

太陽のような、焼き尽くすような獰猛な光だ。

「上等です！」

拳と拳が重なり合う。

凄まじい圧力にくらくらしそうになる。だが相手も同じだ。

熱と重圧に意識が飛びかけているのがわかる。

「ぐぅっ……舐めるなっ！」

我の熱で燃え上がる拳を気にも留めず、女は更なる攻撃を繰り出した。

手刀で我が拳を払い、一歩踏み込んで肘を打ち、そこから肩に体重を乗せて打撃を放つ。

あらゆる態勢、あらゆる部位を使い、我を仕留めようとする。

我の手が触れたところは使い物にならなくなるのを承知で。

だが再生速度があまりにも遅い。

もうそろそろ打ち止めなのであろう。

「そなたのおかげで強くなれた、感謝する……。命乞いなどはせぬであろうから、もはや生死は問わぬ」

白熱した左手の指を揃え、必殺の刺突を放った。

斬撃は、そのまま女の体を両断するかに思えた。

「なにっ!?」

「食らえ、爆心蹴!」

あろうことか、女は、脚を捨てた。

我の手刀を脚で迎撃した瞬間、脚の再生力を暴走させて大爆発を起こした。

その爆発を利用してバックステップをして背後の樹木まで辿《たど》り着き、残った一本の足だけで再び我の懐に飛び込んでくる。

捨て身の拳を我に放ち、だが、それは敗れ去った。

「甘いッ!」

左手にため込んだソルフレアの炎は今の一撃で使い果たしたが、右手にはまだ残っている。

「竜夏槍術奥義、灼光!」

拳と拳が衝突し、大地を震わせる。

永遠にも感じる一瞬が終わったとき、勝負は決していた。

「……見事です」

女が、そう言って崩れ落ちた。

◆

勝った。

体中が痛くてしんどい。人間の体は痛みやすくていかぬ。誰も彼も命を大事にすべきだ。

女の方はと言えば、死んではいない。

呼吸をしている姿を見てほっとした。加減をせんかったから死んだかと思った。

脚の再生が始まっているが、その速度は今までと比べて見る影もなかった。一晩経てばまた元に戻っているかもしれないが、それまで体力が尽きて死ぬこともありえるだろう。完全に勝負は付いた。

さて、回復してやるか、それとも……と逡巡しているときであった。

「なっ!?」

それまでの戦いを深く静かに眺めていた者が、ついに動き出した。

背後から忍び寄った触手のような蔦《つた》が、我の足を縛り上げる。

そしてそのまま、我の体は宙に飛ばされるがごとく引っ張り上げられた。

「ふふふ……油断したわね小娘！」

ぶらんぶらんと逆さまになった我に話しかけてきたのは、見たくもない顔であった。

「久しい……という程ではないの、ラズリー」

その顔と、根や蔦を自在に操るその技、間違えるはずもない。

この火事の混乱に乗じて潜り込んでいたのだろう。

「どうやら怪我は治ったようじゃな。ミカヅキは呆れておったが心配もしておった」

我の言葉に、ラズリーの余裕の表情が怒りで朱に染まった。

「うるさい！　魔力を与えたあたしを裏切っておいて白々しいわね……！」

「そう言うてやるな。それに古来の法を裏切ったお前が言えた口ではあるまい」

「……随分と落ち着いているわね。もしかして気付いていたの？」

「気付いてはおらんかったが……この手の戦いに邪魔者が入るのはよくあることよ」

そう言うと、ラズリーが我を悔しそうに睨んだ。

逆さまにつるし上げた美少女に対して、よくもまあ警戒したものよ。

「しかしラズリーよ。もしや人間とつるんでいるのか？　まったく、森の主となっておきながら何をやっておるのじゃ」

「別にあたし、生きていられるならどっちでもいいし。森を支配してた方が楽だったからそうしてただけだもん。それに……」

ラズリーの視線の先には、焔と呼ばれた少年がいた。

なるほど、あやつが火を付けて騒動を起こし、ラズリーはその混乱に乗じて我を倒すつもりであったか。

「顔の可愛い子ならちょっとくらい言うこと聞いてあげるわよ。ねぇ」

「やめろ気色悪い」

「ふふふ……ツンと取り澄ましてるのが歪むの、楽しみだわ」

認識阻害をしているからよくわからぬが、ラズリーはあの少年に執心しているようだ。

どうでもいいわい、パパよりイケメンな子供など見たことないし。

というかこやつ、本当に本能だけで生きてるのう……。

「ま、なんでもよい。この状況で勝ったと思うなら大間違い……って、あれ？」

体内に駆け巡る炎を使って、我を縛る蔦を燃やそうとする……が、あれ？　燃えぬ。

我の熱が伝わっておらぬわけではない。

あやつの体が、熱に強くなっておるようだ。

「無駄よ。何の対策もしていないと思ったかしら？」

ラズリーが得意げに笑った。

その笑みを裏付けるように、蔦から熱が奪われていく。

「これは……冬の精霊か……？」

見れば我の周囲だけに、白く輝くものが降り注いでいる。

雪の結晶だ。

「あんたが太陽魔法や炎を得意としているのはわかってるのよ。だから冬の精霊の力を借りたってわけ」

ラズリーは、自分の胸元から大粒の宝石のようなものを見せびらかした。

これはもしや……我の涙の一滴か？

竜の時代の頃、眠りにつくときに我の目尻からこぼれ落ちたものだ。

冬の精霊の大好物であり、これを使って凍気を一時的に使えるようになったのだろう。

「よくもまあ、そんな古めかしくてばっちいものを後生大事に持っていたものよ」

「ばっちいって……あんたのこと、本当にソルフレア様だって信じそうになるわね……」

「じゃから嘘は言うておらぬわ」

「そんなわけがないでしょうが。……そんなことよりも大事なのは、あんたの炎なんて本物のソルフレアの力の前には通用しないってこと」

なるほど、隠れていたのは我に報復するための道具を揃えていたためか。

こやつ、腕力はあるが、かといって腕力頼みの戦いや乱暴ばかりが好きなわけではない。

策を巡らせて完封するのが好きな性格であったな。

そして、こやつには他人に分け与えられるものが多い。果実や根などは美味であり滋養がある。ディルックたちが欲したように、薬にもなる。厄介なことに、まさしく金の成る木だ。人であれ、精霊であれ、手を組みたくなる気持ちもわからぬではない。

「そうか。それはそれは……徒労であったな」

「なんだと？」

「我は少々、不快じゃ。よいところを邪魔されたのだ。罰を受けてもらおうか」

我の声に、ラズリーがびくりと震えた。

だがすぐに我をきっと睨み、より強く縛り上げる。

むしろ骨ごと砕く勢いであった。

「何をしたところで無駄よ……！」

「それはこちらのセリフじゃ。別に、熱が伝わらなくとも斬ってしまえばよいだけの話であろうが」

「えっ」

呼吸を整え、瞬間的に力を込めて手刀を放つ。

あの女と戦って、人間の体での力の出し方というものをしっかり学んだ。

今更、ラズリーの力任せの捕縛など恐るるに足らぬ。

「ほれ、次はおぬしじゃぞ」

そして今度はラズリーの本体に手刀を放った。

三日月のような斬撃の軌跡が幾つも生まれて、遠く離れたラズリーに襲いかかる。

なんかコツを掴んだら普通に遠距離攻撃になったわ。

「うっそでしょ……くそっ……！」

だが、手ごたえが薄い。

確実に当たったしダメージは与えはずなのに、妙に軽い。

「おぬし、本当はここにおらんな？」

「……なによ、上手く演じてやったのに……。騙す甲斐がないわね」

斬撃で傷ついた体のまま、ラズリーがにやりと笑った。

これは精巧に造った人形であるな。虫を食う花が虫をおびき寄せるための疑似餌のようなものに近いやもしれぬ。

「どこぞから根を這わせておるようじゃな。地表に生えている木を燃やし、密かに自分の分身となる樹木を植えるといったところか……油断も隙もないのう」

「なっ……」

「魔力を辿ればわかることよ。丁寧に焼いてやるから覚悟しておけ」

今度こそラズリーは演技ではない驚愕と恐怖を顔に浮かべた。

そしてすぐに、表情から感情が消え失せる。

そして、糸の切れた操り人形のようにどさりと倒れた。

恐らく本体から切断されたのだろう。

「まったく、性懲りもない……。なんか興ざめしてしもうたな」

見れば、空が白み始めた。

夜が終わり、太陽が昇りつつある。

「ソルフレアの偽物……聞きなさい」

「うおっ!?　もう起きたのか……ヤバいのおぬし。あとその呼び方は止めよ」

気付けば女は、焔という少年に肩を借りて立ち上がっていた。

脚も再生している。

だがもう戦う意欲もなさそうだ。

「本物とは到底認めがたいので」

いかにも不満といった様子だ。どいつもこいつも頑固者よ。

まったく、素直に信じたディルック先生とユフィー先生の爪の垢《あか》でも煎じて飲ませてやりたい。

「ならば……そうじゃな、フレアとでも呼ぶが良い」

「まだ不遜さはありますが、ま、よいでしょう」

一言余計な女じゃ。ムカつく。

だがこの女の戦いは嫌いではない。高みを目指す者の気高さがある。

「おぬしは赤手と呼ばれておったな。覚えておこう」

「それは光栄ですね」

女――赤手は、嬉しそうに笑った。

「焔、行きますよ」

「はい、姉さん」

輝く手に呼ばれた少年は、左手で指を弾いた。

なんじゃ、左手でも炎を使えるのか。

最後まで隠し通してこちらを襲う気だったのやもしれぬ。

「今回は私たちの負けです。森を焼いたことも詫びましょう。……ですがいずれ、あなたの命を奪いに来ます。私の手で、あなたを討ってみせる」

二人の周囲に炎が立ち上り、陽炎のようになって二人の姿を隠す。

「お前の挑戦であればいつでも受けよう。次に会うとき、そのそっ首を落としてやる」

告白のような挑戦状に、同じように返した。

奇妙な縁が生まれたことに、心地よい何かを感じていた。

◆

睡眠時間が足りてない。

あれから火事の後始末や怪我人の治療を手伝い、ミカヅキに転移魔法で学園へ戻してもらったが、すでにその時点で完全に朝日が昇っていた。

それでも起床の時間まで一時間か二時間は寝れるだろうと思ったが、ミカヅキが「転移陣を消しておけ」と言うのでこっそり雑巾で拭きつつ魔力の痕跡を消して、終わった頃には起床の鐘が鳴っていた。

生まれて初めての徹夜である。

ねっむぅ……！

「ちょっとソルちゃん、ソルちゃん！」

「わおん！」

「……んあ？」

眠すぎて言葉を返すのもおっくうである。

「もー、歩きながら寝るなんて器用なんだから」

「だってぇ……眠いのじゃ……」

これから村に帰る前に、授業に交ぜてくれたクラスの皆に別れを告げなければならぬ。

流石にそこで居眠りとなっては格好が付かぬ。

ぎゅっと自分の手の甲をつねって目を覚ましながら、教室を目指して歩いた。

それでも寝そうになって、隣に歩くミカヅキにほぼもたれかかって歩いているようなものであった。

「夜はちゃんと寝なきゃダメだよ。朝ご飯の時間もほとんど寝てたし」

「お姉ちゃんのいびきがうるさかったのも悪いのじゃ！」

「マジで!? いや、それはごめん。でもそろそろ帰る時間だから頑張って！」

「なんだなんだ、ちゃんと寝れなかったのか？」

「シャーロットちゃんも珍しく寝坊してたし、星の巡りでも悪いのかしら」

教室では、ディルック先生とユフィー先生が待ち構えていた。

「枕が変わると眠れぬのじゃ」

「じゃ、次に来るときは自分の家の枕を持ってくるんだな」

また来ることが当たり前のようにディルック先生が言った。

我も、反発することなく自然とそれを受け入れた。なんだか不思議である。

たった一日しかいないはずなのに、ここから離れるのが妙に寂しい。

クラスメイトたちも、また来いよとか、体育祭までに絶対戻ってきてくれとか、何やら妙に別れを惜しんでくれている。色々とイベントがあるようで、我やお姉ちゃんの力を借りたいらしい。ふふん、助力を請われるのは悪くない。

「うむ。パパとママに相談してからになるが……また会おうぞ！」

そして皆に別れを告げて、来たときと同様、乗合馬車の駅へ向かおうとするときであった。

「ソルちゃーん」

そのとき、優しい声が我の耳に届いた。

「シャーロットちゃん！」

「ごめんなさい、本当は教室に行こうと思ったのだけれど、色々とやることがあって。見学、お疲れ様でした」

歩いてきた割に、シャーロットちゃんは少し息が上がっていた。

それに、どこか歩きにくそうにしている。

怪我でもしたのであろうか。

「どうしたのじゃ？」

「ちょっと昨日、転んじゃいまして。ああ、すぐ治るから気にしないでください」

怪我を押して会いに来てくれたのは、嬉しい。

クラスの友達とは違う、不思議な特別感がある。

「無理をするでない。でも、また会いに来てくれて嬉しいぞ」

とても良い子だ。

それに比べて、赤手は実に性格が悪かった。

シャーロットちゃんの爪の垢を煎じて飲んでほしいものである。

「きっとソルちゃんのお父様もお母様も、帰りを楽しみに待っていますよ」

「早く帰ってパパとママの顔を見たい。でも、ここから去るのは寂しい。変な気持ちじゃ」

「それは……幸せなことですよ。行きたい場所、会いたい人がたくさんあるんですから」

「うむ！」

再び我は、シャーロットちゃんと握手を交わした。

別れがたい人と出会うのは、喜びだ。

時が過ぎていつか別れが来るとしても、それは今ではないのだ。

◆

「まったく、甘えん坊さんだ」

「わん」

ふと気づくと、我は今、何か温かいものの上で揺れている。

ミカヅキの毛ほどもふもふではない。ていうか獣の臭さとは違った臭いがある。

植物の青臭さと、少し濡《ぬ》れた土と、かまどの炭と、ほのかに香る甘いりんごのにおい。

わかった。

パパの匂いだ。

……あれ？　我はさっき、帰りの馬車に乗り込んだはずであったが。

「今日で十歳になったっていうのになぁ」

パパの声が、ついでにミカヅキの声が聞こえた。

「んむぅ……どこじゃここ……？」

「おっ、起きたか？」

「……ふぁーあ……おはようなのじゃ」

そしてようやく気付いた。

おんぶされておる。

「はっ、恥ずかしいのじゃ！　人に見られておるではないか！」

馬車で寝ている間にこうなっていたということは、エイミーお姉ちゃんには確実に見られておるし、農作業をしている者にも見られているであろう。我、一生の不覚……！

「いいじゃないか」

パパがほがらかに笑う。

「しかし本当に大きくなったなぁ」

「……全然小さいのじゃ」

「もっともっと小さかったよ、お前は」

それは、確かにその通りである。

パパの大きな背中が、今は少しだけ、小さく感じる。

このまま身長が伸びればこの感触を味わうこともないのであろう。

それを思うと、なんだか、この背中から降りるのがむしょうに惜しく感じた。

「さて、それじゃあ降りるか」

「ん」

だが何事にも終わりはある。

家の玄関に辿り着いたところで、我はよいしょよいしょとパパの背中から降りる。

「ん？　何か……香ばしくて素敵な匂いが……」

「おいおい、忘れちまったのか？　今日が何の日か」

パパが少々呆れておる。

なんだっけ。

いやマジでわからん。

「今日は涙月の一日。お前の誕生日だろ？」

「ってことは……ハンバーグなのじゃ……！」

「デザートのアップルパイもあるわよ。ソルちゃんが作ったシャイニングルビーを使ったらすっごく美味しくなったの！」

「やぁーーーーーーたぁーーーーーーー！！！！！！」

「ソルちゃん！　誕生日おめでとう！」

「ソル、おめでとう！」

パパとママが両サイドからむぎゅっと体を押し付けてくる。

狭いのじゃ！

狭いのじゃが……悪い気分ではない。

それに、ママのハンバーグは絶品である。

前世で供物に捧げられた金月牛の丸焼きも美味かったが、ハンバーグはなんだか特別だ。それに供物は宴において我が一番先に食べるものであったが、お誕生日の席はみんなで一緒に食べる。それが良いのやもしれぬ。魔物どもは序列にうるさくて困ったものであった。

「で、学校は楽しかったか？」

お誕生日パーティーが始まり、ハンバーグを頬張っているとパパがそんなことを尋ねてきた。

「うん！　友達ができたのじゃ！」

学園は楽しかった。

本を読んでの勉強も楽しかったが、体を動かすのも楽しかった。

ミカヅキは子供たちにもみくちゃにされて少々疲れておったが、まんざらでもなさそうだった。

「シャーロットちゃんという面倒見のよい子がおっての……。あとディルック先生とユフィー先生も面白かったのじゃ。有名な冒険者らしい。それとゴライアスくんという少年がミカヅキにブラシをかけたりご飯を用意してくれたりして……」

我は友達ができたことや、ミカヅキがゴライアスくんにあれこれと世話になったことなどを話した。パパとママは興味深そうに頷きながら聞いていた。

「……ソルちゃん。ミカヅキちゃんの面倒は自分で見るって約束したわよね？」

「あっ」

「まったくもう！」

「し、仕方ないのじゃ。ゴライアスくんが面倒見たくて見たくて仕方がなかったのじゃ」

「わん（サボったのは事実だがな）」

「ほれ、ミカヅキも仕方ないというておる」

「わん!?（言ってねえけど!?）」

あとでおやつやるから今は黙っておいてくれ……と目で訴える。

ミカヅキはやれやれと呆れながらあくびをした。

ふう、助かった。

「明らかにソルちゃんのことを責めてる感じだけど……まあいいわ。おうちではちゃんとやるのよ」

「はい！　なのじゃ」

セーフということにしておこう。

あとでブラッシングでもしてやろうかのう。

「ところでソルは……学園に通ってみる気になったか？」

パパが恐る恐る尋ねてきた。

「それは……」

正直、少々心許《こころもと》ない。

学園に正式に通うとなれば寮で暮らさねばならぬ。

エイミーお姉ちゃんのいびきもうるさい。

この家に帰るのも週末のみであろう。

まあ馬車など使わず魔法で羽を生やして飛んで来ればよい話ではあるが。

つらい。

面倒くさい。

「……大変ではあるけど、行ってみたいのじゃ」

「そっか」

「そうね」

パパとママが、我の頭をなでる。

一緒にいる時間が減るはずなのに、不思議と、もっと仲良くなれるような不思議な感覚。

こうして、我の新しい生活が始まろうとしていた。

「あ、そうだ。ママ、お願いがあるのじゃ」

「なにかしら、ソルちゃん」

「槍術を教えてくれぬか？　あとママみたいな格好いい槍が欲しいのじゃ」

暗黒領域で戦ってて、ふと思ったことがある。

腕を刀剣や槍の代わりとしてママの技を見様見真似で使ったり、あの赤手の動きを参考にしたり、色々と学ぶことは多かったが、我流のまま突き詰めるだけでなくしっかりと教わっておきたい。

なんでか知らぬがママはいざというときしか槍を持たぬし、そういうものだと思っておったが、我も十歳である。成人したわけではないが年齢が二桁ということは実質成人したようなものであろう。槍を持ってもよい歳のはずじゃ。

「……やだ」

「ほえ?」

「ぜっっっっっっっっっっっったい、やだ」

ママが、頑として拒否した。

その勢いの強さに我、ちょっとびびる。

「やーなーのー！　子供には危ないこと教えずに可愛く育てるって決めてたもん！」

ママがめちゃめちゃ駄々っ子になっておる。

こうなるとママは一切言うことを聞かないので困りものである。

「あなたも言ってよぉ！　ソルちゃんは剣なんて覚えなくてもいいわよね！」

「パパ！　我、覚えたいのじゃー！」

パパが左右から引っ張られてめちゃめちゃ困った顔をしている。

だが、最終的にちょっとだけ我の方に歩み寄った。よし！

「う、うーん……ソルは魔法も使えるし、十歳とは思えないくらい強いし、生兵法《なまびょうほう》で大怪我する……ってことはないんじゃないか？　むしろ剣を持つ人間の覚悟とか注意とかを教えてやった方がいいとは思うし……」

「あなたの裏切り者ー！」

うるうるとママが涙をにじませる。

「いや、でも、ほら！　槍だけじゃなくて！　かわいいことも教えてあげればいいじゃないか！　そうしたらチャンバラにしか夢中にならないってこともないだろうし！　学校に行って同世代の女の子の友達が増えたら可愛いものにも興味出てくるんじゃないか!?」

「……それもそうね。これから大きくなったら可愛い服もきれいな服も着せられるし……。あっ、隣町でソルちゃんといっしょにお買い物できるようになるかも……！」

ママの目がぎらりと光る。

なんか知らないけどちょっと怖いのじゃ。

「さあさあ！　誕生日パーティーの続きだ！」

パパが危うい空気を払拭《ふっしょく》するように声を張り上げる。

久しぶりに食べるアップルパイは、とびきりに美味しかった。

エピローグ

大いなる太陽の化身、ソルフレアの新たなる伝説

入学を決意したものの、正式な入学までにはまだ時間がかかることがわかった。

どうやら他の村や街からも見学者が訪れていて、『ユールの絆学園』は慌ただしく、新入生の入学準備を整えるのに一ヶ月か二ヶ月かかるらしい。

それまで暇なので、我はミカヅキと共に再び死体啜りの森に来ていた。

「ラズリー軍が攻めて来たぞぉー!」

敵襲を知らせる鐘が鳴り響く。

今は戦争真っ最中である。

逃げおおせたラズリーが、こことは別の森を支配して軍団を組織したようだ。

人面樹をせっせと育ててこの森に攻め立ててくる。

奴隷を戦わせているわけではなさそうでそこは安心したが、かといって油断もできぬ。

触れると爆発する怪しげな果実や、呪いを撒《ま》き散らす果実を投擲《とうてき》してくるので実に厄介だ。

とはいえ、我がいないときでもジェイクたちがしっかり守り通していた。

森を焼かれたことが良い刺激になったのか、防衛にも鍛錬にも気合いが入ってきた。

EVIL DRAGON
LITTLE GIRL

こやつらもしっかり成長している。

「よく守り通した！　反撃していくぞ！」

「わぉん！」

「フレア様！　ミカヅキ様！」

ちなみに我は今、フレアと呼ばれている。

ソルフレアと呼ばれた方が心地よいのじゃが、もっともっと強くなってから改めて名乗らんと色々と揉《も》め事が起きそうで、ジェイクとミカヅキに説得されて「ゆくゆくはソルフレアを継ぐ者であるという意を込めてフレアと名乗っておく程度が丁度良い」となった。ちょっと不満であるが致し方あるまい。

それに名前というのは誰かから贈られるものであるしの。

でもミカヅキはミカヅキと呼ばれておってズルい。

「ぜりゃっ！　竜夏槍術、積乱！」

『ぐわっ!?』

大きく飛び上がり、槍を振りかぶってから打ち下ろす斬撃で、人面樹の一体を切り伏せた。

ママからちょっとだけ槍術を教えてもらって、幾つかの型を身に付けた。

今のは夏の積乱雲が雷雨を降らせるがごとく、上段からの連撃で敵を仕留める技である。そのまま何体かの人面樹を叩きのめすと、人面樹たちが恐慌を来《きた》した。

『出たぞーっ！　フレアだ！』

『なんであの体でこっちが押し負けるんだよ意味わかんねえよ』

『相手にしてられっか！　逃げろ！』

『人使い荒いんだよなぁラズリーママも。付き合ってられねえぜ』

『帰りがけにナンパに行こうぜ』

「あっ、待たんかこら！　もうちょっと遊んでけ！」

が、一体を倒しただけでビビって逃げてしまった。

ラズリーは自分と同族を集めて育てているようじゃが、どーにも信頼されておらぬようだ。もう少し真面目に生きれば人望も得られると思うんじゃがのう。

「勝ったぞー！」

「うおおおおおー！」

とはいえ、勝ちは勝ちだ。

ジェイクが勝利宣言をして、皆が勝ちどきをあげた。

ま、これはこれでよかろう。

小さな勝利の積み重ねは大事であろうし。

「わん（それ、誕生日プレゼントにもらった木の棒か？）」

「棒とか言うでない。穂先と石突を外しただけで立派な槍じゃ」

「くぅん（ふーん）」

「ママが昔、冒険したときに見つけたのじゃ。暗黒領域にある霊木を削り出したもので、己の魔力を通して固くしたり属性を乗せることができる。己が強ければ強いほど効果を発揮してくれる、ということじゃな」

あのあと我は拝み倒して、ついでにパパの口添えもあり、ちょっとだけ槍術を習った。

ママがどうしてあんなに槍術を教えるのを嫌がったのかというと、突っ張ってた頃の過去を思い出したくなかったから、らしい。

実はママは、武者修行の旅に出かけて所構わずケンカや道場破りをしており、その道では有名な荒くれ者であった。娘が自分と同じ轍《てつ》を踏んでしまうかもと恐れておる。

だがパパは「ソルは何もしなくても強いから、手加減させる意味でちゃんと教えた方が良い。誰かに喧嘩を売られて大怪我させる可能性もある」と口添えしてくれた。なんかどちらにしても信用がないのじゃが？

だが実際、ちゃんとした教えを受ける方が加減ができるのも事実であった。

獣の時代の魔物たちの感覚だとやはり怪我をさせてしまうしの。そもそも爪や魔法よりは槍の方が加減が楽じゃし。

「わんわん！（お前のママの心配ももっともだ。ちゃんと勉強もしておけよ）」

「わかっておるわい」

ミカヅキの箴言《しんげん》を聞き流しながら、我は木に登った。

この木のてっぺんから見えるのは逃げていく人面樹どもと、暗黒領域だ。

冬の精霊が支配する凍《い》てついた山の国があり、大蛇が住まう湖の国があり、あるいは獣の時代の気風を守り戦いあう武術の国がある。その他様々な油断ならぬ大国小国がある。それ以外にも、異能を持った人間たちがどこかで胎動していることだろう。

それらの国は今、ここを静観している。我がソルフレアを継ぐ者と名乗ってからは少々騒いでいるようだが、いずれは国を治める者共と顔を合わせるかもしれぬし、刃を合わせるかもしれぬ。我の名を轟《とどろ》かせる日は、きっと近い。

「わぉん（んなことねえよ）」

「心を読むでないわ！」

器用に木を駆け登ってきたミカヅキにツッコミを入れられる。

それでもよかろう。

今はまだ、この雄大な景色を眺めるだけでよい。

パパとママ、友達とともに育ち、いずれ旅立ちの日がくるまでは、ゆっくりするとしよう。

焦る必要など、ないのだ。

太陽の化身、大いなる邪竜ソルフレア。

彼の者は勇者に敗北した後、悠久の眠りの果てに再び人の時代に顕現した。

のどかな開拓村の、ちょっとだけワガママで、ちょっとだけ暴れん坊で甘えん坊の、どこにでもいる女の子として。

あとがき

初めましての方は初めまして。既刊をご覧頂いた方はお久しぶりです。ライトノベル作家の富士伸太と申します。まだまだ厳しい寒さの続く今日この頃、いかがお過ごしでしょうか。昨年は全体的に雪が少なかったので、久しぶりの豪雪に四苦八苦している方も多いかと思います。雪かき辛《つら》いですよね。

ですが私は冬がけっこう好きです。この時期はスノーシューというかんじきのようなものを履いて雪山にハイキングに出かけたりしています。また雪山の麓では家族連れや子供たちが元気にスキーで遊んでいて、それを眺めているとこちらも活力が湧いてくるのですが、あちらのご家族や子供たちは私のような登山者を「この時期に山に登っていくやべーやつがおるわ」みたいな凄い目で見てきます。「マジで大丈夫なんですか」とか「死なないでくださいね」とか心配して声を掛けてくれる優しい子供もいます。ありがとうございます、駄目な大人でごめんなさい。ちゃんと登山届を提出していて、ヘリ救助の保険にも入っていますのでご容赦頂きたいと思います。

さて、子供は風の子とよく言われるものですが、とにかく元気で可愛い幼女を主人公にして、周囲の親や大人たちの予想を超えるような活躍をするお話を書きたいと思って本作を執筆しました。

遊んで、暴れて、かと思いきやすやすやと眠り、傍若無人かと思いきや思いも寄らぬ慈愛や大人びた賢さを見せるような、スケールが大きく可能性の塊のような存在を書いてみたいな、と。

それが成功したのかどうかはまだわかりませんが、本書の制作にあたって編集者様から多くの助言を頂き、またイラストレーターのＴＡｉＧＡ様からとても可愛らしいイラストを描いて頂き、とても素敵な本になったなと感慨深く思っています。

関係各位の皆様、そして本書を手に取ってくださった読者の皆様、本当にありがとうございます。本年も皆様がソル＝アップルファームのように元気でわんぱくであることを願って、本書のあとがきとさせていただきます。

二〇二五年一月一三日　富士　伸太

GC NOVELS

邪《じゃ》竜《りゅう》幼《よう》女《じょ》①
～村娘《むらむすめ》に転生《てんせい》した最強《さいきょう》ドラゴンは傍《ぼう》若《じゃく》無《ぶ》人《じん》に無双《むそう》する～

2025年3月8日　初版発行

著者　富《ふ》士《じ》伸《しん》太《た》
イラスト　TAiGA《たいが》

発行人　子安喜美子
編集　大城 書
装丁　AFTERGLOW
印刷所　株式会社平河工業社
発行　株式会社マイクロマガジン社
https://micromagazine.co.jp/

〒104-0041
東京都中央区新富1-3-7　ヨドコウビル
TEL 03-3206-1641 FAX 03-3551-1208（営業部）
TEL 03-3551-9563 FAX 03-3551-9565（編集部）

ISBN978-4-86716-723-6 C0093

本書は小説投稿サイト「小説家になろう」(https://syosetu.com/)に掲載されていたものを、加筆の上書籍化したものです。